中国当代文学名家精品集

长城留墨

陈慧瑛 著

成都地图出版社
CHENGDU DITU CHUBANSHE

图书在版编目（CIP）数据

长城留墨 / 陈慧瑛著 . -- 成都 : 成都地图出版社有限公司 , 2025. 6. -- (中国当代文学名家精品集).
ISBN 978-7-5557-2821-4

Ⅰ. I267

中国国家版本馆 CIP 数据核字第 2025NC0409 号

中国当代文学名家精品集：长城留墨

ZHONGGUO DANGDAI WENXUE MINGJIA JINGPIN JI: CHANGCHENG LIU MO

著　　者：陈慧瑛
责任编辑：陈　红
封面设计：李　超

出版发行：成都地图出版社有限公司
地　　址：四川省成都市龙泉驿区建设路 2 号
邮政编码：610100

印　　刷：三河市人民印务有限公司
（如发现印装质量问题，影响阅读，请与印刷厂商联系调换）

开　　本：710mm × 1000mm　1/16
印　　张：13　　　　**字　　数：**200 千字
版　　次：2025 年 6 月第 1 版
印　　次：2025 年 6 月第 1 次印刷
书　　号：ISBN 978-7-5557-2821-4

定　　价：68.00 元

《中国当代文学名家精品集》
编 委 会

出版说明

2023年春，教育部等八部门印发《全国青少年学生读书行动实施方案》。随后，122家国家语言文字推广基地共同发出“典耀中华”主题读书行动倡议。一些具有文化情怀的出版社和文化公司，立即响应，策划各种适合青少年阅读的图书，《中国当代文学名家精品集》书系应运而生。

《中国当代文学名家精品集》书系由北京世图文轩文化发展有限公司（下称“世图文轩”）策划，由成都地图出版社出版。我非常荣幸地受邀担任主编。

世图文轩成立于2010年，系北京市内乃至全国较有影响力的图书发行公司之一，曾获得“重合同守信用企业”“诚信经营示范单位”等荣誉称号。长期以来，世图文轩和众多出版社就优质图书出版进行合作，获得了合作伙伴的一致好评。在“典耀中华”主题读书行动中，他们敏锐地抓住机遇，迅速策划主要以初、高中生为读者对象的大型书系选题，显现出他们的眼光、魄力与胸怀，以及对于文化市场的拓展理想。我相信，这样一家致力于图书策划、出版的公司，其品牌信誉是毋庸置疑的。

为成长中的青少年读者集中呈现名家优秀作品，是一件虽然困难，却功在当代、利在未来的大好事，我能参与其中，与有荣焉。我必须以一种高度的使命感、责任感以及担当精神来做好这个书系，成就这件大好事。

令人特别感动的是，刚开始组稿时，刘成章、王宗仁、陈慧瑛、韩小蕙、王剑冰、李青松、沈念等老师就对这个书系表现出极大的支持和信任，并在第一时间提供了书稿以示鼓励。很快，几乎所有得知此书系的作家都认为这是在为作家、为“典耀中华”主题读书行动做一件好事、大事。由此，我和我的临时编辑室成员获得了极大的信心，热情也更加高涨，此后连续十个月，我们整个身心都扑在了这件事上。

一个人只要用心做事，人们是会感受到的，也会默默地予以支持。事实上也是如此。随着组稿工作的开展，我们和作家们的沟通日益频繁，我们发现，他们除了都表现出对这个书系的兴趣与认可，对当代散文创作的发展、繁荣的前景，还有一种共同的期待与信心。这对我们无疑是一种更为巨大的鼓舞与动力。

组稿虽然也费了不少周折，但总体上比想象中顺利得多。当然，非常遗憾的是，一部分作者由于手头书稿版权等原因，未能加盟到这个书系。

组稿只是我们工作的一部分，更为具体、更为烦琐的，是审稿事务，它出乎意料的繁重，也占据了我们比预想的多得多的时间和精力。偶尔，我们也有点儿想放弃了，但是，想着这是一件功德无量的事，又兀自笑笑，继续埋头苦干。在这个过程中，感谢师友们对我们工作的配合、理解、支持与信任。

静下心来，切实感受审读、编辑工作的价值和意义。

书系里，名家荟萃，佳作如林。有的，曾代表过一种新的创作范式；有的，曾开启过一种创作方向；有的，对某一题材开掘出更深更独特的思想；有的，有引领某类题材与风格的新面貌；等等。毫不夸张地说，散文多角度多样式的表达，在这个书系里应有尽有，全景式、全方位地呈现出中国散文几十年的创作成果，是当代散文创作的一个缩影。

总体上，无论是题材、创作方法，还是思想容量，此书系都呈现了散文广阔的视野，让我们感受到散文天地的无垠无际。

具体来说，以下几个特点特别明显：

一、作者队伍可谓老中青完美结合。入选作者的年龄跨度最大达半个多世纪，上有鲐背之年的高龄名将，他们文学生命之树长青，宝刀不老，象征着老一辈散文家依然苍翠的文学生命力；最年轻的三十出头，他们雏凤声高，彰显散文创作的新生力量蓬勃兴旺的景象；一大批中壮年作家，是当代散文创作领域里当之无愧的中坚基石，他们的创作正处于繁花似锦的鼎盛时期，实力毕现。

二、题材多元多样，内容丰富多彩。书系中，既有涉及上下五千年历史的洒脱智慧的历史文化散文，又有让人惊艳的初次涉猎的新颖、独特题材。有人写亲情，有人写风景。有些人写自己的童年，让我们看到其成长时代；有些人写一个城市或一条河流的前世今生；有些人写自己对故乡的记忆，从更有新意的视角表现这个时代的巨变；有些人集中了自己几十年的写作精品，让我们看到他们的创作道路上的足迹；有些人专注于一个主题，开掘深挖，独具魅力；有些人关注时代、关注身边的人和事；有些人剖析自己的内心情感……总之，反映中华传统文化、红色文化和当代自然文学精粹的作品，在此书系里比比皆是，或温暖动人，或鼓舞人心。

三、风格百花齐放，个性特点鲜明。几十部作品，有的侧重写实，有的侧重抒情，有的注重开掘思想，有的追求内容唯美，有的描写细致入微，有的叙述天马行空……表现方式千姿百态。但无论哪种风格，无论如何表达，皆个性鲜明，情感饱满，呈现出思想性、艺术性、可读性兼备的特质，读者可以从中获得不同程度的启发，感受到散文的魅力。

四、女性作者跳出了人们对“女性散文”固有的观念。书系中占有一定比例的女性作者，她们的作品虽然仍保留细腻敏感的特色，但大都呈现出大气开阔、通透有力的格局。她们温柔而现代的行文表达，对读者来说有着更为别致的情感体验和人生借鉴意义。

总之，这个书系，将是我们打造阅读品牌的开端。如果你愿意静下心来阅读，你一定会有所收获。

习近平总书记在文艺工作座谈会上讲话时指出：“优秀文艺作品反映着一个国家、一个民族的文化创造能力和水平。吸引、引导、启迪人们必须有好的作品，推动中华文化走出去也必须有好的作品。”我们希望，这个书系能成为读者眼里“正能量、有感染力，能够温润心灵、启迪心智，传得开、留得下，为人民群众所喜爱”的“优秀作品”。

在此，特别感谢沈俊峰、陈晨两位搭档的通力协作，我的编辑朋友梁芳、胡玉枝的倾力相助，以及世图文轩、成都地图出版社上上下下推进此书系出版的所有领导与师友的大力支持和耐心细致的工作。他们让我感受到了团队的力量。同时，也特别感谢出版方将我和我的搭档的作品纳入此书系，我们把此举视为对我们的“嘉奖”。

上述文字，不敢称“序”，不敢称“前言”，甚至不敢称“出版说明”，仅表达此书系的缘起和一些组稿、审读的感受，也许过于肤浅，还望广大作者、读者海涵。

《中国当代文学名家精品集》主编

目录

辑一　山川情

辑二　梅花魂

辑三　心灵梦

辑一　山川情

长城留墨

当我还是个梳着双抓髻的小姑娘的时候，在遥远的南洋，夏夜的星空下，外婆常娓娓地向我讲述孟姜女千里寻夫、哭倒长城的故事。从此，祖国古老的万里长城，就蜿蜒在我心头……

后来，我远渡重洋回国求学，历史教科书告诉我：东起鸭绿江，西至嘉峪关，跨群山，穿莽原，横瀚海，连绵万余里的长城，是华夏子孙用智慧和血肉砌成的防御屏障。这时候，英武不屈的长城，便成了我神往的圣地。

十来年间，也曾几度涉足京华，与长城近在咫尺，却因匆匆来去，总无一面之缘。

癸亥十月，重来京都，清风艳日，秋容如拭，正是旅游的黄金时节，又有山东友人做伴，我终于实现了壮游长城的夙愿。

那一天，车出北郊，沿途金灿灿的原野，就像刚刚分娩的母亲，丰满而娴丽。车窗外闪过一树树绿中晕黄的垂柳，一挂挂红灯笼似的柿子，一朵朵白里透蓝的流云……这幽艳的秋啊，竟有如江南的娟秀妩媚了！

想不到，过了南口，便见巍峨关城拔地而起——居庸关赫然入目。粗犷磊落、红叶流丹的燕山山脉，画轴似的迎面抖开，游龙般的长城也断续可见了……我的心一下子膨胀起来——多壮丽啊，这伟丈夫一般的北国关山！难道，我梦寐向往的圣地，就在眼前？

车子款款地逼近八达岭。我们下了车，往高处一站：不得了！各式各样的车辆，像美丽的儿童积木，把八达岭车站拼成了一座五彩缤纷的宫殿。游人成群结队，摩肩接踵，如上疆场，如赴盛会……我和同伴，随着大河般的人流，沿秋阳下漫漫的长城古道，涌向飘浮在白云间的烽火台！人群里，有鬓发如雪的古稀老汉，有手扶拐杖的小脚大娘，有活泼的“红领巾”，有神气的大学生，有欢度蜜月的幸福伉俪，有风尘仆仆的外省旅客，有碧眼黄发的异国朋友，有浓妆艳服的海外归侨……“路漫漫其修远兮”，大家谈笑着、扶携着、奋争着，抹着汗水、喘着气，一步一步地向高高的长城攀登。

世上的山川人事，往往有“盛名之下，其实难副”之弊。长城，却比传说的还要雄奇峻伟百倍！手抚高近八米、宽约六米的厚实坚固的城墙，越过间隔有序、山风呼啸的座座垛口，远眺高踞崇山峻岭之巅的烽火烟墩，我不能不被长城的磅礴气势征服了——纵使人间真有如椽巨笔，恐也描摹不尽它的风姿气派！

我登上耸入碧霄的烽火台，重重关城，尽在指顾之间。如果说居庸关是古代北京的大门，八达岭便是一把不锈的铁锁。这里一夫当关，万夫莫开，怪不得岭上西关门额题着“北门锁钥”四个大字！我鸟瞰莽苍苍的群山，只见危岭深沟，跌宕起落，有如大海波涛汹涌。而长城，便是腾挪于边塞群峰众谷间、游弋于历史洪波大浪中的一条硕大无朋的蛟龙！

“伟哉，长城！想当年，狼烟报警、千里烽火，该是何等壮观！这样的重关险隘，即便千兵万骑，铁甲金盔，也难飞越呀！”

“不然！明代长城修葺最好，塞内塞外城堡如林，结果也挽救不了灭亡的命运！”同伴打断我的感慨，他是学历史的，滔滔地谈起崇祯十七年（1644 年）李自成率部直下居庸关，农民军乘胜攻进北京，明朝覆灭的往事。

“的确，天时不如地利，地利不如人和！陆放翁有‘塞上长城空自许，镜中衰鬓已先斑’之叹，其实，没有清明的政治，纵然长城万里，固若金汤，依然免不了内忧外患。”我对同伴说。

说话间，山坡上人群扰扰，纷纷四散往附近采摘红叶去了。

一位随老师来秋游的小学生，看了看我手上红、黄、绿颜色驳杂的叶子，说：“阿姨，给！我的比你的好看。”说着，从一束鲜亮的红叶里抽出一枝。

“给！我们的红透了。”一位新婚少妇，从丈夫手中为我匀出红艳夺目的一枝。

我很高兴：“小朋友，谢谢你分给我朝气；姑娘，谢谢你分给我喜气！”

话音刚落，一位童颜鹤发的老学者，也笑呵呵地递过一枝深红的叶子：“我再添上一枝，你该不会分了我的暮气？”

我忙接住：“老师，您这么大岁数了，还登上长城，真是‘烈士暮年，壮心不已’，我从您身上，分得了一脉豪气！”

大家听了，全放声大笑起来。

忽然，同伴拉住我，指了指前面。我抬头一看，原来是一位年轻妇女，抱着婴儿，正认真地一步步上山来，秋风把孩子火一般绚烂的红斗篷高高扬起……

啊！中国长城上，一片最鲜最美的红叶！

一位满头银丝的法国老太太，拿起照相机，“咔嚓”一声，摄下了这动人的镜头。

夕照里，花团锦簇的八达岭，仿佛春花开遍；歌声、笑声、呼唤声，恰如百鸟和鸣——长城上，秋光如画，春意盎然！

谁能想象，这里曾经朝朝代代流传着催人泪下的《长城怨》？那寒鸦衰草、胡马铁蹄，那城头哀角、荒原白骨，那秦时明月汉时关，那断肠深闺征人泪，还有我心中那眷念不忘的孟姜女……都已化作塞上风烟，如今哪里去寻一点陈迹？

盖世无双的万里长城啊，据说从九天外俯瞰地球，最清晰可见的只有亚马孙河和你。而今，浩浩长城早已失去它防御的历史功能，而我们饱经沧桑、历尽浩劫的中华民族，却自强不息、顶天立地、生气勃勃地巍然卓立世界东方！登临长城，抚今思昔，叫人怎能不心潮荡漾、热血沸腾？

“长城是属于世界的！”下山时，同伴说。

是啊，长城是属于世界的！你看，不同年龄、性别，不同籍贯、职业，不同民族、国家的人们，都在这里集结。日日月月、岁岁年年，一批人走了，一批人又来。世界上古迹星罗棋布，只有你——长城，能永久地占据着人类的心灵！如果问我：长城为什么具有这般神奇的魅力？那便是：凡来游长城的人，都能站在各自的角度，找到积极向上的启示——

有人从秦砖汉瓦，窥见中国文化的源远流长；有人从铜城铁堑，惊叹中华儿女的坚毅刚强；有人从岭上红叶烂漫，记取千秋志士的碧血；有人从边塞牛羊往返，赞美今日各民族的团结……

而我，从雄视千古、举世瞩目的万里长城，进一步看到了民族的尊严、民族的自信、民族光辉灿烂的智力。我庆幸自己——一个海外赤子，找到了人世间最美好的归宿——找到了我的拥有伟大文明的祖国！

迷人的诗魂

——绿岛赋

在祖国的东南海疆，有一个迷人的小城。她凌立于碧波之上，像玉盘中一茎婷婷的水仙，像翠湖里一朵妩媚的睡莲，像一只掠水的白鹭，像一艘彩色的楼船。“卷帘遥岫层层出，望海轻帆片片悬”，写的是这个海岛天然潇洒的风韵；“厦庇五洲客，门收万顷涛”，说的是这个城市宽广豪放的胸怀。

她，就是厦门。

花之岛

厦门，这“花落花开无间断，春来春去不相关”的亚热带名城，一年四季，抬头是绿，低头是绿，人们生活在绿的空气里，不知道大自然有冰欺雪扰。所以，人们称之为“绿岛”。

隆冬时节，从凛冽的风雪里远道而来的北国游人，踏进小城，只觉得眼前陡地一亮：那墨绿的相思树、碧绿的椰树、猩红的玫瑰、粉红的蔷薇、淡黄的蜡梅、金黄的菊花、艳紫的三角梅、雪白的茶花……姹紫嫣红，或长街迎客，或墙头招手，或小院窥人，或幽窗弄姿，真是遇目成色，入鼻皆香。人们只觉得置身于春风里，自己也变成这南国花城中的一株树、一朵花了！

涉足厦门的旅人，都不会忘却那给人以美好精神享受的亚热带植物园。这里包罗了松杉园、棕榈岛、玫瑰园、兰花圃、龙眼荔枝园等二十几个专类园和种植区，培育了三千多种奇花异草、佳果美树。这儿有外国学者奉为至宝、人们称之为“活化石”的古代孑遗植物水杉、银杏；有世界三大观赏树——中国金钱松、日本金松和南洋杉；有非洲旅人蕉，印尼糖棕、牛蹄豆，巴西咖啡树、红果，西印度箬棕、大王椰；有直径两米、世界称奇的王莲；有数百种千姿百态、名噪海内的热带仙人掌。这儿有产于我国而传遍全球的十大名花，还有来自非洲的天竺葵、鸡冠花，来自欧洲的金鱼草、仙客来，来自美洲的长春花、月下香，来自南洋的白纸扇、狗尾红，等等。至于那“接木移花千里外，雕山塑水一盆中”的万千盆景，更是任你妙笔生花，也描摹不尽。真是名花异卉，争娇夺艳，万紫千红，荟萃一城。

海之城

这芬芳绚丽的花城更引人入胜的地方，还是那变幻万千、神奇莫测的大海。既是壮怀激烈、呵气成虹的伟丈夫，又是含情脉脉、风流蕴藉的俊女子；旷达、深沉、气象万千又缠绵悱恻、侠骨柔肠；给人以美的陶冶、诗的灵感、哲理的启迪、奋斗的楷模——这，就是厦门的海。

厦门的海，最令人依恋的是港仔后的海景，那是天地玄妙的造化。

厦门有岛，名鼓浪屿，岛上有山，名日光岩，平地崛起于港仔后海湾。登上日光岩，只见远山浓黛，近水柔蓝，水天相衔，轻鸥点点，风帆飘浮其上，日月沐浴其中。大潮来时，长风鼓浪，波推涛吼，有如千军万马奔腾呼啸而至，这是气势磅礴的“白马潮”，望之令人血沸心热，豪情荡胸，难怪当年民族英雄郑成功要选择在这儿操练水师了。

下日光岩，步入多少中外游客为之流连忘返的菽庄花园。那里，错落有致的亭台楼阁、伟岸俊逸的红棉翠椰和芳香迷离的花廊曲洞姑且不说，仅它的依山偎海、园浮海上、海蓄园中，就令人叫绝。

在“春江潮水连海平，海上明月共潮生”的夜晚，上下天光，一碧万顷。立“听潮楼”上，倚“小兰亭”畔，眼见轻纱笼海，数叶扁舟神游空蒙，耳听细浪吻沙，一脉幽思因潮起落。春风过处，钢琴声声，琵琶缕缕，柔曼的《舒伯特小夜曲》、优雅的《梅花操》穿山渡水而来，使人觉得“此曲只应天上有，人间能得几回闻”。

园中，那“长桥支海三千丈，明月浮空十二栏”的四十四曲桥，游人们或静坐，或漫步，或骋目清思，或和涛微吟。彼时彼地，天、地、人似乎融为一体，迷幻中令人有羽化登仙之感。遇上风雨交加的日子，大雨落则白浪接天，如张羽煮海；细雨飘则水晕墨染，似西施浣纱。比起风和日丽之时，更有一番缥缈空灵的神韵。

智慧之乡

厦门，堪称地灵人杰。这里是明末清初著名民族英雄郑成功为收复台湾而厉兵秣马、挥师东征的地方；这里是我国近代反抗侵略、以身殉国的爱国名将陈化成将军的故里；这儿是捐资千万、毁家兴学、名扬中外的爱国华侨陈嘉庚先生的桑梓；这儿是世界乒坛冠军郭跃华、世界羽坛冠军栾劲、世界跳高健将倪志钦和亚洲田径明星郑达真的故乡，是蜚声宇内的钢琴家殷承宗、许斐星和我国知名作曲家李焕之的家园；这儿有世界闻名的数学家陈景润、中国著名化学家卢嘉锡和经济学家王亚南学习和工作过的厦门大学；这里风光如画的鼓浪屿是举世皆知的音乐之岛，这里秀色可餐的集美镇是饮誉四海的著名学村，2.83 平方公里的小镇，竟有大、中、小学和各类专业学校十余所，培育的英才遍布世界各地。

今天，厦门是我国经济特区之一，随处可见鳞次栉比的高楼、雨后春笋般的万吨泊位、工地上喧闹的人流、大厦里云集的商贾。随着特区建设的兴旺发达，美丽的绿岛，像一颗晶莹的绿宝石，愈来愈引人注目：华街幽巷，随处都有外宾、华侨、港澳台同胞的足迹，来自祖国四面八方的知名艺术家，满怀深情描绘这里的碧海青山，抒写这里的风土人情，歌唱这里的沸腾生活。

厦门，未曾走访的人们，常常怀着一片神奇的憧憬；曾经来游的客子，往往留下一缕痴情的相思。这，不只是因为她那充满亚热带风情的花容海色令人倾倒，更令人眷念的，还是创造了丰富艺术文明、精神文明和物质文明的人民。像花一样朝气蓬勃、像海一样豪爽多情的厦门人民，他们赋予这里的一山一水、一草一木以醉人的诗情。所以，这里的鲜花和大海，这里的生活和斗争，一切都是诗。

永恒的春天、神奇的大海、智慧的人民构成了绿岛瑰丽的诗魂。远方的客人，你们能不向往这迷人的地方吗？

武夷山写意

“武夷风景是属于世界的!”开放旅游以来，不少海外侨胞、外籍华人谈及武夷山水，得意之色，溢于言表。今秋，我随“全国青联台籍青年访问团”前往探胜，果然名不虚传。山中掬得杯泉片茗，因成五章。

九曲宾馆

九曲宾馆，武夷山的眼睛。过往游人，总忘不了这秀媚多情、楚楚动人的明眸!

重阳前夕，暮霭苍茫中，访问团抵武夷。车停处，云里空山，一鞭残照，大王峰、鹰嘴岩、骆驼岭、隐屏峰蜂拥而来。人，仿佛一下子落入了原始洪荒世界。

谁知穿过五曲桥头，却见一段水蛇般的柏油小径飘然而来。路侧，木芙蓉绽得正欢：红敌胭脂白胜雪。一段暗香，影影绰绰，似乎伸手可掇，愈近愈浓，酒也似的醉人——原来是晚桂花开时节!

步上慢坡，便见一幢玲珑白楼，亭亭立在翠峰环抱、清溪透迤的芳草地上，古色古香的松皮匾缀着“九曲宾馆”四个隶书大字。

拾级登楼，笑盈盈的服务员忙接过行李，递上一盏香气氤氲的武夷岩茶……

进客房，推窗一看：屏屏青山，曲曲秋水，移步换景，俯仰易色，纵使丹青圣手，怎能绘就如许灵动山川？游人只一瞥，则涤尽了征尘风霜。

居宾馆，清晨可观日出，黄昏能眺夕照。云从窗入，鸟啼栏前；满目苍苍碧色，一庭杂花生树。登山归，有宾馆主人嘘寒问暖；涉水回，有山珍佳肴供我品味……

一位老态龙钟的芝加哥华侨，离别时为宾馆拍下一帧玉照，上题："多谢武夷人，天涯长相思。"刚从异域辗转回国的青年小阮，在日记中写道："九曲宾馆，宾至如归。"

武夷，美的岂止山水？更有九曲宾馆娟丽温存、顾盼生辉的眼波，暖人心扉！

仙凡界

来武夷，谁能不想登"第一胜地"天游峰？天游峰顶，有巨石勒"仙凡界"。据说游人一跨此界，便从凡尘升入仙境了！

恰是重阳登高日，我们从九曲宾馆出发，穿"云路"，入"云窝"，攀"问樵台"，进"聚乐洞"，临"仙洛潭"，便见危峰突兀，壁立千仞，石级凌霄，长松方竹掩映，翠岚白云舒卷。登山者头足相抵，只许向上，不容退下。耳边鸟语婉转如诉，身旁云朵穿襟入袖，由下仰望，人真是飘飘欲仙哩！

临极顶，踏上仙凡界，已是眼花腿酸，大汗淋漓。"脚力尽时山更好"——眼前豁然开阔，几十丈宽的平台繁花缤纷，奇香袭人。正中一座典雅古朴的庙宇，为天游峰平添了几分仙风道骨。回眸四顾，但见群山被云海吞没，只余点点峰尖，如海上小岛，浮在一片雪浪之中。这时，山水、天地、仙凡之间，全分不清界限，只觉得人已超然物外，唯存一点儿性灵。啊，不经一番艰辛跋涉，怎能置身如此出神入化境地？

勇士攀登、懦夫却步的仙凡界啊，千古以来，你可不就是一块人类意志的试金石？

星村放筏

你乘过世上最古老的行舟吗？——那武夷山中九曲溪上苇叶儿似的竹筏啊！

从星村渡起，清溪环绕十五里，九曲流水，一曲数峰，一峰数景，变幻莫测，绮丽迷人哪！

我们租得竹筏一片，仅容三人。坐竹椅上，仰头是天，天淡绿；低头是水，水深绿；夹岸青山，一派墨绿；连空气，都渗着朦胧的绿……我觉得自己也变成了一只翠鸟、一只青蛙、一片山茶、一掌荷叶了。这小小竹筏里载着绿的山川、绿的生灵、绿的心境啊！

“我给你们‘讲古’吧！”放筏的船娘拿篙尖指点近水远山，娓娓地说：

“这山是卧狮戏球，那岩是纱帽缀玉；

“这石是和尚背尼姑，那台是仙人更衣处；

“有金鸡啼月洞，有虎头插花岭；

…………

“为什么山号‘武夷’？那是彭武、彭夷兄弟俩为当地治洪抗灾，人民纪念他们，才把这片奇山异水命名‘武夷’哪！

“哦，玉女峰到了——你看，那袅袅婷婷的三片巨石，就是姐妹仨呀！大姐正临水簪花；二姐正对镜画眉；三姐呢，远眺大王峰，正思念大王哩！”

船娘竟是武夷山的民间文学家！无言的山川，古老的传说，被她绘声绘色地一描摹，真是形神毕肖、含情脉脉了！远方的来客，纵使走遍海角天涯，怎会忘了这里聪颖的船娘、美丽的神话？

中华儿女用自己的才华，给美好的山水附丽了智慧之绿——这伟大的生命之绿啊，将与万古江山一样永存！

桃源洞

宋朝诗人辛弃疾游武夷，曾题一诗，其中四句为："见说仙人此避秦，爱随流水一溪云。花开花落无寻处，仿佛吹箫月夜闻。"写的便是武夷山桃源洞。千古以来，这里传诵着一个家喻户晓的故事。桃源洞是神仙洞。一天，一渔郎打柴迷路至此，见二仙翁在洞中欣然对弈。渔郎是当地围棋圣手，便上前施礼，声言要与仙翁赌一胜负。结果，尽管棋艺高超的仙翁们弄幻术、耍绝技，使尽浑身解数，依然败在渔郎手下。二仙翁各自输给渔郎一件宝贝：一片绿叶、一壶琼浆玉液。后来，绿叶变成武夷山上葱葱郁郁的片片茶园，琼浆玉液化作晶莹透澈的九曲十八弯流水。香茶清溪，良田美谷，养育了一代代武夷儿女。

传统旧戏，不论京剧、越剧、乡间杂戏，总摆脱不了"打败仗，天兵上；逢绝路，神仙出"的套路——也难怪，在封建社会里，神总是高人一筹的呀！可是，武夷人却反其道而行之。他们用自己的智慧和汗水，写下了人高于神的美丽诗篇！

胡丽娘

武夷九十九岩、七十二洞、三十六峰、九曲十八弯清溪——奇山俏水，随处可闻狐仙的传说……

某日凌晨，我漫步溪桥之上。远远走来一位樵童，倾谈之下，樵童指着隐屏峰告诉我："那儿有个狐狸洞，住着狐仙，灵验着呢！"

一打听，竟勾出一段朱夫子的"风流韵事"！原来，九曲宾馆旧址，便是宋朝淳熙年间朱熹讲学的紫阳书院，与隐屏峰狐狸洞遥遥相望。

当年，朱熹在紫阳书院广招弟子，授以经书。有一女学生胡丽娘，容貌妍丽，才思敏捷，深得朱熹喜爱。丽娘温柔多情，也百般体贴鳏居中的老师，两人相爱了。可恨的龟精化作艄公，向朱熹点破丽娘即狐仙。二人为世俗所不容，只好忍痛分手。丽娘死于非命，埋在狐狸洞中。从此，一段凄婉哀艳的朱熹野史在武夷山中代代相传。

我想，胡丽娘大概是有的，只是并非狐仙。

古老的中国啊，几千年来将圣贤奉为不食人间烟火、超凡脱俗的神的迷信，戕害了多少纯洁的心灵？美丽的武夷山，竟也出现了胡丽娘这样一个可怜的牺牲者！

匡庐三夜

不曾相会时，遥遥地向往着你的飘逸；拜谒芳容后，却依依地回味着你的深邃——啊，庐山！

牯岭屐痕

积蓄了太久的思念，在五月末的一个傍晚，我终于来到庐山，落足在清丽幽雅的牯岭饭店。

迫不及待地奔向四楼阳台，只见五颜六色的铁皮屋顶，像朵朵鲜艳的蘑菇，散落在青苍的山林里。

多美啊——庐山的第一印象！

市区小街两旁，一色是参天枫树。夕照里，无数娇嫩的碧叶，清亮有如满天翡翠。流泉汩汩，不择地而出，匝地树影，满耳溪声。绿森森，寒泠泠，叫人五内生凉……

一束柔润的雨丝，有如一只温软的手，轻轻拂面而过，我顺手撑开尼龙花伞。

“那是云气呢，不是落雨。”一位本地姑娘微笑地告诉我。

分不清身在云里、雾里、雨里……暮色敛尽了，月亮还没出来，天地一片黝黑。

我随意踏上一条蜿蜒如蛇的山间小路，四周阒无人迹，星光隐约里，唯有风动长林，草虫低吟。我如入荒山，如探古堡，清寂之感，渗入毛发，令人悚然而惊。

踌躇间，山上一点、两点的灯火亮了，如疏星，如流萤，如透明而璀璨的夜露，遥遥地闪着寒光，幽深难测，可望而不可即似的。

是飞蛾？我觅光而去。

近了，便见一座日式别墅，木房格窗，帘幕低垂，灯影婆娑。打听一下，原来是某单位疗养院居处。转入另一小路，迎面一座哥特式建筑，灯光迷蒙。隔着雕花玻璃窗朝里望，墙上有浮雕，如安琪儿，如飞天，如睡莲，如常春藤，分外迷人。轻轻推开虚掩的大门，见一大厅，应是当年的舞池，现在改成“庐山区（今濂溪区）青年俱乐部”，一群少男少女正热闹地打网球……环视大厅四周，并无浮雕，仅是白垩漫成的凹凸不平的墙壁而已，可这些不规则的凹凸，却给人以无限缥缈的幻景。

渐行渐亮，市声也分明起来。寻得街心公园，游人如絮，飘飘忽忽。我坐在石椅上，见街市灯火，红、绿、黄、紫，尽在脚下。月儿露脸了，遥望九江城郭，如轻纱当风，若断若续、若有若无……

我惊叹于牯岭的神韵了——咫尺之间，一边是幽绝的山林，一边是喧闹的街市。静和动、冷色和暖色、自然和人生，如此美妙、和谐地结合在一起，使人想起庐山今昔——那一部骄傲的美色和屈辱的伤痕交织一起的历史……

如琴湖畔

又一个黄昏。

与同游者成君一起沿牯岭街前往大林路。柏油小道明净如拭，两旁夹植松杉，微馨流溢，和云岚雾霭融为一气。行人寥寥，偶有机灵可爱的小松鼠飞过松梢，化入暮色。

信步而去，二三里许，见一木牌上书“白司马花径”。原来是当年白居易咏桃花处。入“花径”，一湖烟波赫然入目，给人一个意外的惊喜。斜阳下，有垂钓者怡然自得地端坐钓矶上。趋前请教，渔人告诉我：这人工湖依琴造形，故名如琴湖。细辨湖旁山石，果然镌有“如琴”“可听”等字样。

往湖心亭，三间如荷瓣相依的水榭，卓然玉立湖中。水与阶平，湖面如镜。坐台阶上，脱去鞋子，涟漪舔足，凉沁心脾。南风徐来，松柏萧萧，低吟浅唱；浪激石罅，空空作响。四围云山卧翠，彩色楼房浮沉在波峰浪谷里。华灯初上，点点星火，明明灭灭，闪闪烁烁，幽静里透着繁华，不由使人想起林升“山外青山楼外楼”的诗句了。

俄顷，明月出岫，坠入湖心，先是朦胧如柠檬，不久便清亮似琥珀，一片云彩飘过，又成了一枚虎皮斑纹贝了……湖光山影，随月色晦明瞬息万变，令人神思飞扬，目不暇接。

此时此刻，空灵、静谧，人间的一切尘虑被如琴湖水清洗殆尽，心灵得到了解脱——一种摆脱庸情俗趣羁绊的颖悟和解脱；情思得到了升华——一种美的苏醒和升华……

啊，这陶冶性灵的如琴湖，这净化灵魂的如琴湖！牯岭山川的天然美固然令我心折，而你天衣无缝的人工美一样把我征服！

成君看来也陶醉了，默然有顷，忽然问我：

“在这美的氛围里，你想了些什么?”

“想到了美的创造和创造美的人!”

我们的问答，有如空谷传声。

真想彻夜陪伴这幽媚多姿、风雅绝伦的高山明湖，可是，毕竟过于冷清了，只得起身。

出“花径”，忽有云雾弥天漫地而来，顿时山水浑然一色。行人腾云驾雾，缥缥缈缈，直欲向广寒宫去。流盼左右，见湖滨小路一侧，有白云如炊烟，袅袅升起，探身一望，竟是悬崖绝壁，莫测高深，叫人心胆俱寒，两股战战。后查地图，才知道此处为当年朱元璋大战陈友谅的险峻绮丽的锦绣谷。

渐行渐远，便有壁立危峰迎面扑来，在迷离恍惚的月华云气里，我们再也辨不清湖水、楼台、高山、深谷了，唯有一片神奇美丽的梦境、一缕奥妙隽永的诗魂，留在彼此的心头……

不期而遇了，如琴湖——如果没有你，也许，庐山不会留给我那么多的相思……

月照松林

上庐山的第三天，是既望月。当地友人告诉我：

“十六的月色比十五还好。月照松林，是庐山胜景之一，不能不看的!”

爬了一天山，有些累了。我说：

“月亮随处有，松林也不稀罕——无非是月光照在松树上，这一景就免了吧!”

经不住友人们热情撺掇，是夜八时过半，三五成群，相邀呼拥而去。

沿着松间小径朝前走，起初周围漆黑如墨，唯有眼前黄色的山路留下一线迷茫如烟的痕迹。走了一里多路，天边开始露出一线空明，愈往前，亮色愈多。到得山上，便见层层山石，隐在松林里，活像张张带靠背的沙发，极有规则地一层挨着一层，有趣极了。同乡沈君眼尖，一下子找到巨石上“月照松林”四个清秀刚健的石刻大字。

此际，月亮缓缓升起。我们靠在“石沙发”上，仰望天穹，只见一羽鹅毛似的流云，在月娘脸庞上抚来抚去；一会儿，又有一匹尼龙纱巾似的轻云，网住了月娘的蝉鬓；又一会儿，云翳褪尽，便见月娘如出水明珠，如浴后白莲，施施然脱颖而出，长松纷纷伸出如虬巨臂，将她托住……大家屏声静气地领略着这宏观世界中微观的变化，个个仿佛老僧入定一般。

渐渐地，月上中天。我们的视野也扩大了。松林山对面，高低错落的牯岭灯火，一览无余地垂挂眼前，晶莹瑰丽，七彩缤纷，真像一帘钻石瀑布凌空而下，美艳极了。

“瀑布”之上，是一抹青山，呈着深黛，熠熠生辉。青山之上，是云峰雾岭，在明月照射下，如同雪山一般。乍看之下，以为苍茫青山外，又有一重灿烂银山，其实呢，是云、月作祟。“银山”外，便是莹莹如白璧的圆月了。此刻，松梢流风，涛声细细；山坡上，树影游移，碎金点点……我们个个飘飘然，有羽化升仙之感了，谁也不敢吱声，唯恐打破这圆满而奇丽的夜！

“如何？这月照松林！”江西友人忍不住了，不无自豪地问。

“美！深邃丰富的美！超尘绝俗的美！”我首先欢呼。

“今生今世，忘不了牯岭松林这一片月色！怪不得谢灵运、白居易、李白、欧阳修、苏轼、陆游要相继来访庐山，而陶潜要终老匡庐了……”来自高校的讲师沈君喟然赞叹。

“江山信美，处处有开拓者的脚印。我们这一代该给后人留些什么呢？”年轻的诗人李君环视着同伴们。

小李的话，如一石投水，把人们从出神入化的境界中唤回现实，大家陷入了新的沉思……

牯岭三夜，初次结识了幽邃如迷宫的庐山。相聚虽短，我却已经理解了这云山雾水，为什么能诱惑千秋帝王将相，倾倒历代墨客骚人；为什么会招来觊觎的狼犬，引起无数的风波和争端……

今天，当我作为时代的主人，徜徉在布满各式建筑群的牯岭街头，漫步在被历史风雨净化了的匡庐山川，我的心思，淌着甜蜜，也渗着苦涩……

啊，庐山，你这风流千古、历尽沧桑的绝色佳人！

滁州月

你是一枚古钱吗？小小滁州月——

因了醉翁亭千古绝唱，你平添了几多妩媚，赢得了几许思心……

今人寻古月，古月照今人。啊，我迢迢来滁，拂去历史的锈绿，剪一段素月清辉，拾一缕欧公余韵……

古意

秋风秋雨里，车抵滁州。那青峰，那碧流，那长街鳞次栉比的楼台房舍，那满城绿少黄多的榆、柳、槐、杨，全笼在云纱雾帐里，浓如泼墨淡如烟。我一下车，便走进了一幅古典大写意山水画里……

驱车至南谯宾馆，几位本地女子，知道我们是应邀前来参加醉翁亭散文节的客人，一个个迎上来端茶递水，言语温婉，举止斯文，不愧是一代名儒教化之乡的女儿。

黄昏，雨脚渐歇。夜来了，水凌凌的半爿月儿，刚破开的香瓜儿似的，低低地悬在城头。我和当地友人老张，踏着朦胧的月色，沿长长的石板小街，漫步而去。至一空旷处，见一弓石桥。此时市声渐稀，桥下流水缓缓，月影星光，浮跃溪上。

“当年，想必欧阳修常常经过这道小桥。一睹景思人，我自然而然地想起欧公。

“世人说滁州，开口欧阳修，闭口醉翁亭。其实，这儿是历代兵家必争之地，古迹遍地都是。从秦至宋，先后就有五位君王来过此城……”老张手扶桥栏，侃侃而谈。

“那松杉成林、绿草茵茵、蚕蛹一般静静地卧在滁州城郊的皇道山，记录着始皇帝渡江南巡时登山瞭望滁城的盛典，当年秦皇的试剑石遗迹还在花山罗家坳里；

“城西玉屏翠嶂般的大丰山侧，有口大水塘，楚汉相争时，刘邦曾在那儿饮过战马。那世代相传的滁州古庙会，据说就是为了祭祀汉高祖而设立的；

“那蔚然深秀的琅琊山，是东晋皇帝司马睿称帝前来游滁城山川时赐予的封号；

“位于城东北隅的落马涧，相传宋太祖曾穷追劲敌到那儿，一剑砍下皇甫晖，从而攻克滁州城……

“那丰山脚下、丰乐亭南的柏子潭，有一座朱元璋驻滁时为民求神祈雨的龙潭庙——柏子灵湫，至今仍是滁州十景之一！

…………

“至于文章太守，何止欧公一个？中唐的韦应物，南宋的辛弃疾，皆是一代诗坛魁首，他们都先后治理过滁州……”老张唯恐我这外乡人不知此地人文之盛，颇为着力地介绍了这儿历代知名的诗人、书家。

此刻，清风如梦、冷月无声。我仿佛一条鱼儿，倒溯着历史的溪流，游回了宋，游回了唐，游回了两汉先秦那些慷慨悲壮的故事，那些英主明皇的陈迹，那些风流倜傥的墨客骚人，如云如雾——从我眼前飘过……

我明白了，滁州，你的魅力，何止于欧阳修的华章佳句？幽绝的山林、悠远的古趣、朝朝代代的雄才俊彦，还有那自古相沿的种种民间传奇……这一切，怎不令人心往神驰？

我仰望苍穹，那一清瘦的半瓣秋月，仿佛正娓娓地、娓娓地向我诉说着什么……

啊，岁岁年年月相似，年年岁岁人不同——小小滁州月，你这纵览千秋、万古不灭的精灵！

我和老张，默然归去。我的心，融化在柔曼的月光里，融化在可意会而难以言表的怀古的幽思里……

小识琅琊

“山不在高，有仙则名”——东晋司马睿封琅琊，于是，琅琊虽非皖中名山，却名播千秋。

我总以为，山水因帝王禅封而传世，作古迹看则可，真正游览，恐也未必佳。因此，居滁数日，竟未上山。

滁人劝我，来滁州，非上琅琊不可，于是，散文节罢，便邀三二好友，同登琅琊。

出西门，两旁琅琊榆交柯接叶，一碧无穷，拥着一条盘山石砌大道，穿云蔽日而上，一路泉声，如歌如诉。时届深秋，竟有野花摇曳，似孩童的笑靥。不见飞鸟，却有嘤嘤鸣啭之声出于林间，忽左忽右，如空中音乐。

山行六七里许，满山清泉积为深潭，流波漾漾，澄碧如染。日影云翳、四周山色，皆映于潭中，有浅浅曲桥，吻水而筑，直通湖心。湖心小亭翼然，名曰“深秀”。立深秀亭中，山山水水，尽在目光怀抱里，游人因山水而生色，山水因游人而生动，人与自然，完全合而为一了。

道旁有苔痕斑驳的巨石，勒“苍翠回环”四个遒劲大字，石壁上另有嘉靖年间福建莆田人题诗一首：

鸟道萦回岩岫合，
人从天上览神州。
六朝江树犹蒙日，
万顷田禾蚤报秋。
山色半归云洞湿，
泉声长绕月溪流。
于今帝子曾巡御，
不似琅琊汗漫游。

我是闽人，见此诗，心头一喜，颇有他乡逢故人之感。

抵山腰，可遥望远处高大牌坊如天上宫阙，上书欧体大字“琅琊胜境”。拾级登“胜境”，平台三面，有青檀数百株，株株高达数丈，树叶如古榕，盘根错节，穿山裂石。秋风婆娑而过，一片绿云氤氲回荡，空气清新鲜嫩，四周幽静极了。

往右上行，金碧辉煌的开化律寺依山矗立，扑面而来。游人步入这空门之内，但见佛殿庄严，净地无埃，香烟缭绕，古佛含笑，人世的荣枯得失、喜怒哀乐，自然而然地淡化如烟，一颗心轻灵灵的，有如飞絮游丝一般……

走完佛殿，进东厢，有松、梅、竹三友亭。亭前梅树，老干虬枝，飘逸不群。想岁岁冬春之际，白雪之中，满树芳菲，暗香浮动，叫人怎能不怀念起当年那位文采风流、爱民如子的本地太守呢？

再往深处走，有无梁殿，内坐一石佛，孤零零地低眉颔首。我正为他的形单影只深感凄凉，转而一想，净界讲究“无我”，他连自身都忘其存在，还会想到身外的人事吗？心中顿觉释然，加快脚步攀山而上。

山间危岩之下，有巨穴曰“雪鸿洞”，传说项羽曾被刘邦手下将士追赶至此，无路可行，山神怜其英雄末路，崩裂一线成洞。项羽便从洞中穿过，奔往长江而去。由此可见后人对这位楚霸王的同情之心了！

我来此洞，只见云垂雾罩、苔深泥滑，依稀可听盖世英雄战马嘶鸣……

出洞不远，有流泉曰“濯缨”，取楚辞“沧浪之水清兮，可以濯吾缨”句意。这“濯缨”二字，又是闽中莆田人所书。另一处石刻“南无阿弥陀佛”，也是福建闽侯人杰作。游山半晌，三见乡亲手迹，不亦奇乎？皖闽有缘，琅琊山中石刻是见证。

历代文化名人苏轼、王阳明、宋濂、朱彝尊、蔡元培、于右任等，也曾来此游历，或咏诗或题字，为琅琊留下了珍贵墨迹。

小识琅琊，信滁人们言之不诬。我千里来游，不虚此行也！

一把草的艺术

一把草，竟创造出一个艺术的世界——当我离开滁州草织厂时，我不能不由衷赞美滁州人的智慧了。

我不知道它叫作什么草——那么修长，那么纤细，那么柔韧光洁、雪白芬芳。用它浸染编织而成的天青色、浅紫罗兰色、玉色和鹅黄交汇的各种花卉图案的榻榻米，高雅清丽，令人喜爱不已。

当地文友告诉我，它叫蔺草，原产于我的家乡福建沿海一带，后流入日本，现在又从日本引进种植生产榻榻米，产品再外销日本——原来蔺草有如外籍华人一般，它的根还在中国呢！

看到我对那一方方美丽的榻榻米赞不绝口，厂长满脸生春，情不自禁地对我说：“蔺草织成的成品不仅美观实用，而且还可以吸附空气中的一氧化碳和灰尘，从而起到除尘和净化空气的作用呢！

“种蔺草，外贸部门和厂方采用包干法，有了原料，有了人，我们的工厂也就兴旺起来，半年间，产值达到一百万元呢！”

厂长边如数家珍地介绍着，边带我往陈列室走去——

哟，这哪是一间草编陈列室呢，这分明是一座莺飞草长、百花争妍的大花园哪！

那悬于素壁、放于玻璃柜的白席、提花席、旅游席、沙发垫、椅垫、坐垫、草帽等种种产品，实际是一幅幅大小不等的或写意或工笔的妙手丹青：梅花、兰草、青松、翠竹、枫叶、太阳花、君子兰……真是五彩纷呈、鲜丽生动。而那梅枝上的喜鹊、松间的白鹤、竹林里的大熊猫、草地上的稚鹿，也无不栩栩如生、活泼可爱。

参观者至此，往往忘其实际效用而陶醉于它的艺术欣赏价值！

一把草，竟创造出一个艺术的世界——当我离开滁州草织厂时，我不能不由衷赞美滁州人的智慧了！

珠龙乡·丰收节

滁州西北，有古镇珠龙乡。

今年夏历十月十五，为珠龙乡首届农民丰收节，参加散文节的作家们恰好来滁，便一起驱车前往采风。

珠龙老街四里，一溜石砌街巷，一色白垩漫壁、黑瓦覆顶的平房，小小店铺，大抵光鲜明净，或老爷子，或大闺女、小媳妇开门坐店，全笑盈盈地，叫人看了心头熨帖暖和。

秋风里，流波漾翠的沙河水缓缓地绕乡流过。乡野四周，青山横翠，古木森森，使人不由想起这儿东拥“清流山高横碧落，崖石棱层犹铁削”的宋遗址清流关，西接明代兵家习武的教练场广武卫。这依山傍水的珠龙乡，自五代十国起便是中原至江南古驿道上的著名集镇。因此，民情淳朴，古风未泯。

珠龙园是富裕起来了的农民用自己的双手修建起来的乐园。当地开天辟地第一回的丰收节，便是在龙珠园里举行。因此，这丰收佳节，给古老的集镇带来了比过大年还热烈的喜庆气氛。附近三乡五里的农民，或骑车，或摇橹，水陆两路纷纭而来。

走进二龙戏珠的珠龙园大门，一片宽展展的大场院里，张灯结彩，弄狮舞龙，气球飘飘，一派喜气洋洋的节日景象。那黑压压攒动的人群，见外地客人来了，立即分出一线小路，让来客鱼贯而入。那一种文明儒雅之风，叫人感动。

穿过大院，好一脉嫩绿秀水迎面而来。水上一弯玲珑玉桥，将客人引至清流亭，小坐亭间，近可闻花墙缭绕的珠龙园内弦歌飞扬，远远可望珠龙桥上古柳依依、行人熙来攘往……眼前光景，有如一幅古朴的风俗画，它使人想起千年百代以来，这儿随世态兴衰而几起几落的乡间庙会。此刻，历史化作了汩汩流淌的沙河，浅浅地，从我心头流过……

这里有“春寒”“藏幽”“踏波”“深影”“画境”等或方或圆或菱形诸般别致可爱的园门，每踏入一处园门，便是一个小小院落，每一个院落都有灯谜、棋类、歌舞等各种娱乐活动。吟诗的，作画的，品茗对弈的，钓鱼、放鞭炮的，吹拉弹唱的，看电影、电视的，真叫人耳不暇听、目不暇接。

入夜，灯火通明。

伴随着节奏欢快的音乐，一对对青年农民正起劲地跳着迪斯科。那潇洒的风姿、娴熟的舞步，在迷离恍惚的七彩灯光里，使人仿佛置身大都会霓虹灯下的舞会。啊，比起那世代相传的民间庙会，如今的丰收节无疑是打上了时代新浪潮的烙印了！

如果说迪斯科占据了一群少男少女的眼睛和心灵，那更具磁力、更令广大乡亲陶然忘情的节日，却是富于地方风味的黄梅戏了。

场院中心，乡民围观如堵。我艰难地钻进人圈里，踮起脚尖一看，哦，原来是两位女青年正清唱黄梅戏《天仙配》选段。

那演七仙女的姑娘唐卫平，温柔美丽，一颦一笑，我见犹怜，何况熟乡熟土的乡亲们！那扮董永的“小生”郭玉蓉，歌喉洪亮、字正腔圆且不说了，单看那一招一式、那熟练的台步，以及顾盼神飞、含情脉脉、欲语还休的一双秀目，就够令人叫绝。珠龙乡文化艺术的繁荣，由此也可见一斑了。

黄梅戏正听得有味。陈登科、苏晨等老师邀我去参观另一院子里的花鼓灯，这是当地的传统歌舞——舞圈当中一人举花柱唱“兰花灯”，外围四对男女腰系红绸载歌载舞。他们跳得那么热烈，那么奔放，让人深深感受到土地的主人庆贺丰收的发自心田的欢愉。据说，当地已多年不跳花鼓灯舞了，如今日子过得兴旺，这奄奄一息的古老歌舞才又焕发了青春。

放烟花是丰收节的高潮，一炮响起，火树银花，倾珠坠玉，满天赤、橙、黄、绿、青、蓝、紫……四周山水农舍，全成了琼楼玉宇、神仙殿阁；四周人群，全手舞足蹈，飘飘欲仙。多少喜悦的心，随着绚丽夺目的礼花盛开；终年劳作的艰辛，在这美好的一瞬得到补偿；来岁人瑞年丰的希望，全寄托在这光辉灿烂的吉兆里。连我们这些来自五湖四海的异乡客人，也分享了他们喜庆的欢乐和对光明的憧憬……

珠龙归来，已是月到中天，沙河水无声地蜿蜒而去，清亮的月华，有如一盏美丽晶莹的宫灯，恬静地映照着滁州的山、滁州的水……有一首无韵的小诗，轻轻地，从我心底飘起！

啊，今人寻古月，古月照今人——

小小滁州月，你真是一枚古钱呢！我千里来滁，拂去历史的锈绿，剪一段素月清辉，拾一缕欧公遗韵。

剪剪春雨话金陵

天下第一矶

幼读清人诗：“临江峭壁不知数，第一玲珑燕子矶！”神往久之。

十余年前，初探金陵，曾渡船过长江，见一峰独峙江中，形如展翅飞鸟。问游客此峰何名，曰“燕子矶”。凝眸遥望，不胜依依。可惜烟波浩渺，无由亲近。

去秋旅宁，念念不忘这江边石矶。虽秋雨潇潇，仍独自驱车前往。

出北郊城郭观音门外，下车沿山拾级而上，终于登临古人称为“万里长江第一矶”的燕子矶。由矶顶俯瞰大江，烟雨空蒙里，只见长江如练，鸥鸟翻飞，舟楫忽隐忽没。壮哉，燕子矶！我凌“燕”翼，身如鸿毛，颇有飘飘欲仙之感。

石矶上危岩重叠，石壁如削，倘游人不慎失足，只好寄身江心鱼腹了。难怪燕子矶头，自古以来就是封建枷锁下的痴男怨女们的殉情之地。悲哉，燕子矶！我想，那山崖水陂间，黄花点点，莫不是千古情人的泪眼？

漫步矶头，无端撩起一缕哀思。转眼间，却见双双情侣，偎依而来，风流矶头，情话款款，艳笑声声……

我不免觉得自己可笑了，沧海桑田，世事如棋，何必为古人担忧呢？

古代，燕子矶是北往南来的重要渡口。清乾隆皇帝南巡时经此，曾立碑记游，此碑至今仍屹立矶顶御碑亭内。

据说春夏之交，水涨船高，立矶头，浪涛轰鸣于足下，白云横空，晴波流碧，西可眺荆楚，东可望海门……可惜眼前，雨丝风片，燕子矶风姿，只能窥其小半了。

且留得良辰美景，以待来日吧！

中山正气

中山陵在南京东郊。从前我曾来拜谒过，那浩然正气，多少年来一直充盈心间，今既来宁，能不重游？

当我再一次步入那广阔整洁的陵园，走完三百九十二级台阶，仰视祭台上那一方“天地正气”的黑底金字直额时，一种崇敬之情，油然而生。我见过许多皇陵御碑，陵园千顷，古墓雄伟，翁仲成群，气派可谓大矣！却从不曾有过瞻仰中山陵时那一种高山仰止、景行行止，令我热血沸腾的深切的敬佩赞美之情。

肃立于整饰一新的大理石圹前，俯视一代人杰孙中山的大理石卧像，我想，在中华民族的历史上，能像先生那样身体力行地提倡“民族、民权、民生”，实践“天下为公”的革命宗旨，以他光辉的业绩为全民族各政党所崇仰的领袖，实在不可多得——

为此，更令人倍加怀念。

所有的汉奸、叛徒、卖国贼，所有的以权谋私、以私害公和家天下者，来到陵前，当无地自容！

中山陵，宜秋游。秋声肃穆，自然而然地，为中山正气，增几分庄严。

花雨·雨花

君若不采雨花石，可怜枉作金陵游。

《南京日报》社叶君，知我来宁，特携雨花石数枚见赠。我即将它们放入白瓷杯中，注以清水，真是纹彩斑斓，美丽非常，令人灵感飞动，以至如孩儿一般，不忍释手。当日下午便赶忙往水西门外参观“雨花石展”去了。

那朵朵“雨花”，真是鬼斧神工、天造地设的奇迹——走进展览馆，人立即进入艺术的境界，进入美的氛围。

多亏南京的艺术家们，给它们起了多少形神毕肖的名字哟！那晶莹闪烁、五彩缤纷的雨花——

有如工笔画。你看那一枚“小熊猫”，肥躯傻劲，黑白分明，忽闪忽闪的眼睛恍惚正瞧着你；而那一枚“长颈鹿”，修颈秀目，一身梅花，稚气喜人；小小的“酒坛”，纹理清晰，古拙可爱；美丽的“西施”，临溪浣纱，若颦若笑……真是逼真细腻、绘画不如。

有如写意画。那一抹浮云，两行秋雁，题曰“望乡”；那横空白雪，数点朱红，名叫“梅花”；有依稀野径，朦胧山色，是“山村烟雨”；有漫漫流水，点点芥舟，是“平湖秋色”……那一种若隐若现、若真若假、意在形中、情在画外，确是令人陶然而醉的绝妙文章。

也有印象派绘画。“水上日出”那一线一圆，白红相间；“飞流直下三千尺”那线面交揉，豪放灵动；至于那“生命之歌”“天高云淡”，在似是而非之间，留给人无限想象的空间；而“淝水之战”“甲午风云”等，则把你带进非“它”莫属的特定的历史画面，带进悠悠岁月的深沉思索……

如果你没有看过如此诗情画意、如此纷纭绚丽、万紫千红汇聚一堂的雨花石，是怎么也无法想象出它的形象美、气韵美和内涵美的。造物主啊，那是你怎样神奇的创造哟！我永远忘不了那枚小小的“狐疑”——那一只惹人垂怜的小狐狸，那两颗闪着狡黠红光的玛瑙般的小眼睛，使我非常真切地想起早已忘却了的、当年太行山中走夜道时邂逅，却一路上跟踪着我、要着小小伎俩的“野狐子”……

据说南京城里有个小山岗，梁代时，高僧云光法师在此讲经传道，感动了天神，落雨如花，后遂称此山为“雨花台”。于是，雨花台从此盛产这种玲珑如玉、美妙如画的雨花石。

金陵人张宪忠题词：“雨花石是一张特殊的纸，你的想象力是一支特殊的笔。”我来游金陵，饱赏了雨花石秀色，信其言之不谬，更佩服他总结了雨花石为人所珍爱的缘由：它是大自然和人类智慧共同创作的结晶啊！

玄武气象

南京古城，虎踞龙盘，有一种伟男子般的阳刚之美。见了玄武湖，这印象就更深刻了。

去玄武湖那日，天公作美，艳阳当空，秋容灿烂。出玄武门外，眼前明晃晃一片——好一派大湖风光，清波荡漾，气势逼人，有洞庭之浩渺，无洞庭之风波；有西子之妩媚，无西子之甜腻；有鄱阳之雄奇，无鄱阳之诡谲……立湖中之岛，可遥望紫金山天文台；湖中环洲、樱洲、梁洲、翠洲、菱洲五洲相连，湖上花、竹、果、树，葱葱茏茏，美艳迷人；湖面游舟点点，如鸥鸟出没烟波之中……

友人告我，春夏秋冬、雨阴晴雪、平地高山看玄武，景随地改，景因时易，各有无穷妙趣。我正咀嚼此语，忽浮云蔽日，天色转阴，小雨淅沥；步行至樱洲，远眺湖上，只见烟雨空蒙，山容水色，尽如泼墨，浓作青山淡作湖。好一个玄武湖，登时化作一纸水墨丹青。不一会儿，莽苍苍的钟山，楚楚动人的洲渚、亭阁、花木，被云纱雨帐晕化得几近于无，只剩下齐白石笔下那一段无胜于有的艺术的空白了！

幸而黄花有情，幽芳缕缕，伴我步出玄武。回头一望，大湖风光与来时模样已迥然不同，我若有所失，若有所得……

平生到过不少园林，玄武湖是我游踪所至之处最富于内蕴的湖泊了。它有一种与众不同的气势：博大、雄浑、含蓄、深沉而又温情脉脉……要了解它，不能仅止于一时一地，须长期而耐心地作面面观！

灵谷秋风

凡寺中有塔，寺则增其雄伟，塔则增其古拙，寺塔辉映，互为附丽，相得益彰，遂成胜境。泉州开元寺因有东西塔，寺塔皆闻名天下。南京灵谷寺倘无灵谷塔，也便减却许多风情。

西风微雨里，与金陵友人二王一起驱车到钟山东麓灵谷寺。

此寺始建于梁，是梁朝名僧宝志葬身之所，明初因营建孝陵而移址，后毁于火，清同治年间重修，有无梁殿、松风阁、灵谷塔和宝公塔等。古寺幽深，花木掩映，游人来此，处处勾魂。那兼容唐代大画家吴道子精心细绘的宝志像、诗仙李白潇洒脱俗的像赞、大书法家颜真卿龙飞凤舞的手迹于一碑的“三绝碑”，为灵谷平添了无限文采风流。

寺中景物，我最爱灵谷塔。此塔九层，高六十米，由下仰望，层层皆精雕细琢、毫厘不爽，如工艺品一般；全塔则背襟钟山，直指苍穹，昂藏伟丽。扶圆梯而上，至塔顶，俯瞰石头城，雨雾云烟，似鲛绡锦幔；茫茫苍苍，秋风乍起，万壑松涛，如千军万马呼啸而来。巍巍古塔，漂浮在一派浓绿浅翠、腾波起浪的汪洋之中，那一种雄浑磅礴的气势，实非他处古塔可相比拟。

已是万家灯火时分，绿的汪洋里泛起了点点星星。

凭栏远眺，东道主小王兴致勃勃地说，灵谷寺夏听松涛，秋看丹枫，是最美享受。又指着郁郁葱葱的远处，告我那是秦淮河，晴天丽日，可见河水如玉带，蜿蜒流过城头。然此刻云遮雾绕，暮色四合，只能遥望虚空一线，发发思古之幽情，从中想象那“烟笼寒水月笼沙，夜泊秦淮近酒家。商女不知亡国恨，隔江犹唱后庭花”的情景了。

另一东道主老王连忙接上话头，说当年秦淮楼头，乌衣巷口，歌楼酒肆，仕女如云，该是何等繁华！如今皆如梦如烟，舞榭歌台，又是一代新人，昔日凌云冠盖，早已化作一抔粪壤！“旧时王谢堂前燕，飞入寻常百姓家”，那是一种历史的必然。再看看眼下遍地工厂商场，满城高楼酒家，岂不比当年富贵豪华？“江山代有才人出，各领风骚数百年”——最可笑那些迂阔夫子，每到风景名胜处，总要患一场怀旧病，一提金陵，便是六朝金粉，风帘翠幕，酸溜溜地真叫人倒牙！

我和小王听了，皆拊掌大乐，齐声道：“高论！高论！”

秋风灵谷，留三人一串笑声。

梅花山

钟山独龙阜玩珠峰下，为明代开国皇帝朱元璋陵寝，即明孝陵。

去明孝陵路上，沿途一派青葱，有梅树成千上万，蔚然成林，虽时序深秋，梅未着花，却有清幽绝俗的淡淡流馨，飘漾于山间，令人耳聪目明，心神俱爽。当地朋友说，每到清明前后，满山梅花盛开，艳若明霞，灿如彤锦，芳香氤氲数里，数月不散。一城红男绿女，尽来踏青赏梅，车水马龙，摩肩接踵，其盛况，绝不亚于上野樱花怒放时节。

梅花山与明孝陵对峙而立，山上有孙权墓，孙权这一代风流人杰，千百年来，与明皇朝夕相望，堪称奇缘。据说营建明孝陵时，有人主张将孙权墓平掉。朱元璋说："孙权也是一条好汉，留着他守卫大门吧！"孙权墓因此得以保存下来。

看来，朱元璋虽位居九五，却还不至于完全目中无人、唯我独尊，不像后来某些武大郎式的人物，容不得一个高个子。相反，他在谢世之前，却已考虑到纵使到了冥间，也得有英雄好汉辅佐，于是，留下孙权相伴左右。倘此传闻属实，仅此一着，朱元璋的用人哲学，也就颇可借鉴了。

金陵友人至嘱我来年春日再访古城。我想，不说别的，单单梅花山上那如火如荼的万千红梅，也会时时惹起我的游思——

待春光明媚时，我当再访金陵！

难忘三亚

我出生于南洋，对于热带风光，有一种本能的向往。

今年初夏，我来到祖国南端的古崖州三亚市。那一片五彩斑斓、绚丽多姿的土地，真叫我目眩心醉，流连忘返！难怪近年来莅临这滨海名城的外宾、华侨摩肩接踵，不绝于道。而盈盈一水、隔海相望的香港客商，对她尤为青睐，正积极筹划来这儿建设一个迷人的“海上世界”，以招徕五湖四海的游人……

小景

这里，太阳把温情无私地分配给每一个季节；这里，大海用忠诚的臂膀，环护着座座开花的庭院，丛丛流绿的香茅、胡椒、菠萝、可可、甘蔗……街头袅娜的槟榔，多像这儿美目流盼的少女，满城挺拔的椰树，是这儿潇洒伟岸的儿男……入夜，好一轮海南月，悬在棕榈树梢，有屐声踢踏踢踏，自近而远，是黎姑苗妹去会情郎吗？镇上新、马、泰、菲、缅各国归来的游子正欢乐地相聚，小小夜店，有热咖啡浓烈的芬芳和吉他柔和的浅唱。深街曲巷，飘闪着花裙、筒裙、布拉吉、纱笼……回荡着迪斯科、粤剧、椰岛民歌、土风舞曲……

热烈、明媚、多色彩、多声部的生活啊！

人在天涯

曾读马致远《天净沙·秋思》：“枯藤老树昏鸦，小桥流水人家，古道西风瘦马。夕阳西下，断肠人在天涯！”想想那天涯极地，该是何等的凄凉肃杀！

可当我来到距三亚市区仅二十公里的天涯海角，一下车，眼前便出现了一片纯净明丽的蔚蓝世界，而轻柔的浪花、翻飞的鸥鸟、交错的明礁、近处采贝壳的游客、远山那一抹虚空，全成了这蔚蓝世界和谐的点缀和衬托。有一种明朗而纯洁的愉悦，涌上我的心头。我想，不管您有多少忧愁烦恼，来到这儿，在广博的大自然面前，在浩瀚的天与海之间，一切都会被净化，一切都会化为乌有……

仰望海边那竹笋般拔地而起的巨石，上面镌刻着清雍正年间崖州知州程哲的手笔“天涯海角”，我自然而然地想起曾经来此帮助修建大云寺的唐代高僧鉴真，想起宋末元初在这里生活了三十个春秋的棉纺织的布业始祖黄道婆……当然，也想起历代流放来此的贬官谪宦和一代“诗翁”苏东坡，想起唐朝杨炎“一去一万里，千知千不还。崖州何处在，生度鬼门关”的诗句……

同是天涯，江山依旧，岁华更改，情怀迥异，历史的功过，千古的悲欢，已如同淼淼逝水，了无痕迹，在我心中，留下的只是一片和平、宁静、悠远的情韵和无拘无束的自由！

鹿回头之晨

据说，从前五指山下有一位勇敢善良的黎族青年猎手。有一天，他在丛林里发现一只惊慌奔跑的美丽的小花鹿，猎手紧追不舍，直到南海之滨，小花鹿面临绝境，含泪回头求猎手手下留情。待猎手走上前去，小花鹿忽然变成一位妙龄秀女。后来，这一对少男少女结为夫妇，男耕女织，世代繁衍，渐成村落。从此，人们便将此地叫作“鹿回头”。

烟花三月的黎明，鹧鸪声声里，分花拂柳。步出宾馆，门外便是闻名遐迩的鹿回头海滨，椰林如画的海湾，沙明胜雪，沙滩上星星点点地散落着一种不知名的黑色海藻，黑白相间，有如清丽的几何图案，绿汪汪的海面微波不兴，水清如镜。这时，明晃晃的旭日从海中浮起，阳光照在对岸起伏的山峦上，山色由曙前迷蒙的铁灰变为粉蓝、玫瑰红、金黄，然后是一派青黛。海边婀娜的椰子林，竟奇迹般地出现七色的彩虹，一圈圈如同舞台上扑朔迷离的追光，美极了。海上几艘白色的舰艇，在晨曦的照耀下，也由淡紫到深红，然后转为辉煌的金色。

在这令人陶醉的椰风海韵里，有一种灿烂的情思，流漾在我的血液中，我忽萌奇念，想去寻找那只可爱而神秘的小花鹿……

沿着椰影疏朗的林间小道，我走过一户户繁花绿树掩映的人家，香风袅袅，只听得流水叮咚，小鸟和鸣。三角梅纷披、一品红争娇夺艳的竹篱小院，偶尔会闪出一两位戴镶花头帽、穿丝绸裙裳、晃着红宝石银耳环的苗家女儿，她们见了客人，也不认生，已错肩而过，还回眸对我嫣然一笑……

这迷人的小女子，莫不就是那神秘可爱的小花鹿幻化而成的精灵？

大东海　红气球

来三亚之前，便听说城南的大东海，沙白如玉，水清见底，云飞浪涌，浩渺极了，那壮丽的风光，可与美国夏威夷相媲美。

当我千里迢迢来到慕名已久的大东海海滨，她那一片无私的美色，一下子就把我征服了！

我躺在温暖如席梦思的沙滩上，蓝天在我头上，大海在我身旁，帆影青山，或远或近，全在我的视野之间。一时间，我几乎拥有了整个世界……我想，此刻，如果我蒙眬睡去，蓝蓝的大东海，一定会赠我一个水晶宫一般晶莹璀璨的美梦吧！

同行的年轻姑娘小燕，把一个系着鹅黄色飘带、上面写着“大海将带走我永无归宿的歌”的红气球，轻轻地放进白灿灿的浪花里。鲜艳、轻盈的红气球，便随波逐浪，渐飘渐远了……

望着袅袅离去的红气球，我心中若有所失。啊，红气球，它将飘向何方呢？是信风而去，海角天涯，还是烟消云散，归于寂灭？

那一支永无归宿的歌，为大东海留下了一束浪漫的音符，为我留下了一串美妙的思索……

亚龙湾幽姿

世人都说厦门鼓浪屿秀美如画，殊不知亚龙湾绝代佳人一般妩媚的山水，就其藏幽匿胜而言，实在更胜鼓浪屿一筹。

我们的车子沿着蜿蜒的山道，转入三亚市东北面的海滨，便见一处港湾，有如一面亮晶晶的蓝玻璃，四周银沙，在夕阳辉映下，化作金色的框架，真是华丽极了！

最叫人喜爱的是沙滩上遍布珊瑚礁，雪白、浅绿、淡蓝、嫣红，色彩缤纷，千姿百态的海石花和数不尽的白珊瑚，它们被海浪冲蚀成盛开的菊花、启喙的小鸟、回首的幼鹿、凝眸的玉兔，还有摇曳的水纹涟漪，荡漾的云影波光，真是妙不可言。我如入宝山，手里拣着这个，眼里望着那个，顷刻之间，大囊小袋全装满了。

斜阳慢慢地沉入海心，茫苍苍的暮色给鬼斧神工、奇妙瑰丽的珊瑚礁丛和四周的绿椰，披上一层粉色的轻纱，大自然的一切，变得更柔和、恬静、含情脉脉。那一种空灵隽永，那一种清丽婉约，那一种超然物外，令人有返璞归真之感。

去年，八十一个国家的学者前来海南考察，初次涉足这美如仙女的亚龙湾，人人心折，个个叹为观止！

亚龙湾，这是一片“养在深闺人未识”的纯洁的海域，随着现代浪潮的冲击，慕名求爱者将越来越多，我能够一睹她的处子容颜，实为平生幸事！

当汽车缓缓地沿海岸线返回三亚市区，我看见一对黎家儿女，正款款地沿着椰叶婆娑的小路，向白玉一般的海滩走去。晚潮，轻轻地唱起动人的夜歌……

离开三亚时，有一丝淡淡的惆怅写意山水般朦胧地袭上心头，啊！如诗如画如梦如幻的三亚，是不是因为你太美丽，担心世俗的妒忌，所以才远离喧嚣的人群，隐居在这遥远的天边海隅？

从我的故乡东海之滨来到这儿，现实的距离委实太漫长了。然而，我的心间，却有一条椰雨蕉风轻拂的短短的小路，它会时时把我的思念，带到天涯，带到海角，带到鹿回头、大东海，带到超凡脱俗、秀美绝伦的亚龙湾，带到黎歌苗舞、四季开花的山庄……

今日一别，何时再相访？可爱的三亚，永难相忘！

吐鲁番的月亮

有一轮月亮，照在我的心上——那一轮永不亏蚀、永远丰盈的吐鲁番的月亮呵！

车过达坂城

达坂城的石路宽又长哎，
西瓜大又甜。
那里的姑娘辫子长哎，
两个眼睛真漂亮！
…………

我曾经千百次地唱过这支歌，这支充满民族情调的、流溢着丰收喜悦的吐鲁番民歌……

如今，当颠簸的大巴士沿着如同锯齿形篱笆的银色的天山，驶近达坂城，我的视力所及，是漫漫的戈壁沙原，是河谷里被秋风染黄了的红柳和胡杨……啊，达坂城的姑娘，我心中的狄丽板儿（美人），你在哪儿？

忽然，一辆披红挂绿的彩车，缓缓地驶过来。欢乐的唢呐、手鼓、热瓦普，簇拥着一位娇艳的新娘：弯弯的秀眉像初月，闪闪的明眸像星星，羞红的脸蛋是初升的太阳。我忘情地喊起来："阿娜尔古丽·热娜·阿依古丽!"

新娘撩开半透明的面纱，朝我妩媚地笑了笑，我们的车子错毂而过了。

她的新房将安置在何方？
那里像不像这儿水丰草旺？
她就要离开生她养她的阿吾勒，
去到那人生地疏的异乡……

不远处，传来了一位哈萨克族老人低沉浑厚的歌唱——那是婚礼歌《森斯玛》中的一段。

我想，莫不是眼前的美满姻缘，使老人回想起当年远嫁他乡的女儿？

街　头

古尔邦节的吐鲁番街头——

到处是金子般的哈密瓜、翠玉般的西瓜、珍珠般的葡萄，到处是鲜红的绣花小帽、雪白的袷袢、五彩云似的衣裙，到处是深情的都达尔、快乐的卡龙琴、欢腾的麦西来甫，到处是香脆的馓子、芬芳的砖茶、诱人的羊肉串……

啊，粗犷、单调的大戈壁，你拥有一位多么俏丽动人的女儿——吐鲁番，我这来自南国的客人，深深地被你迷住了！

对于我，这里是真正的异乡，只能凭借衣着和歌声，去分辨维吾尔族、蒙古族、回族、乌孜别克族、塔塔尔族和哈萨克族的人们；只能凭借手势和眼神，去体味小伙子的探询、老大娘的祝愿……

我想找一个落脚的地方，一位回族青年把我领到宾馆；一位蒙古族姑娘，为我端来一碗马奶酒；一位维吾尔族“小巴郎”（小男孩），递给我一块金灿灿的“网纹香”……

我不知道该说汉语的“谢谢”，还是维吾尔语的“热合买提”……我不知道该怎样表示我心中的感激和欢喜！

啊，对于我，这里也如同故乡一样，有香甜的瓜果，有淳美的风俗，有亲人的温情！

在这里，叫人渐渐模糊了地域和民族的差距……

中秋夜

圆满的中秋月，多像金色的馕！

皎洁的月光，给端庄的博格达冰峰披上柔媚的新装。

富于新疆民族风味的宾馆葡萄架下，蓝眼睛的法国女郎和当地最美的姑娘古丽仙，一起翩翩起舞，诙谐的威尔茨先生踏着拍子喊：“好，吐鲁番！”

一位活泼可爱的“小克孜”（小女孩），蹦蹦跳跳地端来刚摘下的葡萄，娇憨地故意朝我眨眨眼：“马奶子葡萄甜不甜？”

哎，这还用回答吗？听一听客人的笑声就明白了！

虽然夜像流蜜的黑葡萄，我却想起了遥远的家园。一年一度中秋节呀，谁人不思乡？

克里木悄悄地走近我身旁，轻声说：“让我陪你上额敏塔散散步吧！”

月光下，额敏塔像一只巨大而古雅的花瓶，端端正正地摆在黄地毯似的大戈壁上。面对这汉族、维吾尔族一家的见证，我怦然心动了：啊，克里木，他不就是我的兄弟吗？

我遥望塔尖："下回再来时，我要采些家乡的凤凰花，插在它的'瓶口'上！"

克里木连声道谢："亚克西！热合买提！"

远处，一串悠扬的羌笛声，伴着戈壁秋风，飘进我的心里……

走进神话

谁不知道《西游记》里的火焰山呢？——"有八百里火焰，四周寸草不生，若进得山，就是铜脑盖，铁身躯，也要化成汁哩！"——可那是神话呀！

眼下，这蜿蜒几百里的丹山赭岭，红光逼人、烟云弥漫，熊熊烈火似的，却是真正的火焰山！

我走进神话里来了！

这儿，雨珠还没落到地面，在半空中早就蒸发干了；这儿，沙里能焐熟鸡蛋，热风能烫伤人——怪不得人们叫它"火洲"！

这样酷热、荒凉的地方，怎能有生灵、有农田、有活的希望？

到哪里去寻找铁扇公主的芭蕉扇？

然而，就在这里，我亲眼看见花园里生长着鲜嫩的蓝菊、火红的石榴，看见山坡上雪白的羊群悠然地踱方步，看见小驴车的花布凉棚下，坐着卖西瓜的艳丽的维吾尔族小女孩……

更有人间奇景哩！

就在火焰山下，有一条绿色的长廊，清泉涓涓，鱼戏碧波。葡萄一嘟噜一嘟噜挂满枝头！

我走进神话里来了！

葡萄园里飘出一群仙子般美貌的姑娘，说说笑笑地把一篮篮丰收和喜悦献给远道而来的游人。

我忽然领悟了：她们灵巧的双手，不就是征服火焰的芭蕉扇吗？

孙大圣，倘若你再度西行，火焰山下的葡萄沟，便是你最好的歇脚凉亭！

故　城

这就是交河故城吗——黄土垒成的奇迹！

风用它的神刃，把那断墙残穴，切削成无数美不胜收的风景：有春笋插天，有横戈倒戟，有小鸟交吻，有双羊相舐，有桂林的独秀峰，有巫山的神女……

城西高大的官府衙门，还有宦家的遗威？城东低矮的手工作坊，还有小民的炊烟？啊，地老天荒，故城的一切，全默默无声！

我在汉代的房舍里小坐，我在唐代的街道上穿行，看见古井绳槽还在，里巷焚迹犹存。啊，故城的一切，都纷纷告诉游客：两千年的沧海桑田、朝代兴衰……

清寂、安谧的故城，静静地卧在吐鲁番九月的黄昏里。那一种神秘、古朴、凄迷的美丽，使我想起了古丝绸之路上熙熙攘攘的商贾，想起了汉代戎马倥偬中匆匆来此的名将班超，想起了唐代万里远嫁到这儿的汉族公主，以及玄奘洒泪交河、西游印度的种种传奇……

这时，几位日本、西欧来客，兴冲冲向我走来，不绝口地赞叹这美妙的历史遗迹，手中的镁光照相机闪烁不已！

我感到一种博大的骄傲——啊，我的聪敏、智慧的祖先，您为世界留下了多么神奇、美好的造物——这千古不朽的史诗！

红柳河今昔

传说，这里原来是一片荒凉的大漠。

只有一片零落、凄凉的红柳。

来一阵铺天盖地的风沙，便把一切生命全埋没……

今天，我来到这儿——

看见苍鹰在碧绿的果园上空低低盘旋；两排笔直的白杨，在宽阔的大道远方，汇成一个句点；片片雪白的棉铃，被夕阳镀成金黄；沉沉暮霭里，葡萄美酒逸散着芳香，一群群农场职工下班了，自行车像鸽子一样飞翔……

广袤、富足的土地呵！难道关于过去的传说，纯属虚妄？

啊，不！二十几年前，有一批来自东方的好汉，把汗、血、青春和爱，全献给戈壁滩！你问一问残存的地窝子，问一问旧时开荒的镢头，问一问老军垦手心硬硬的死茧、额上弯弯的皱纹、头上星星的白发，他们全会深情地向你诉说，诉说当年的苦泪和欢歌！

我穿过一大片秀丽的河谷。那里，绿色的草地上，穿红衣的维吾尔族女儿正在打水，无名的小河汩汩地从她身旁流过，大白鹅穿过丛丛野蔷薇，嘎嘎嘎地唱着歌……我看见每一个庭院，都有一架鲜葡萄；每一个二十岁的维吾尔族女子，都水灵灵、甜蜜蜜的！

啊，红柳河，多少颗不屈的心，多少只伟大的手，造就了你这片迷人的绿洲！

我想去寻找一位昔日的创业者，听一听他关于未来的思索……

别

大河沿车站，依依的我，依依的你，话儿哽心头，相看两无语……

就这样分手了吗？我的火一般赤诚的火洲友人——

相聚的时光太短了，相逢的日子待何年？

啊！关于天山，关于大漠；关于葡萄、哈密瓜和麦西来普；关于红柳河的创业、老军垦的悲欢；关于“火洲”的新蓝图、大西北的未来；还有，那令人销魂的木卡姆音乐、叫人爱恋的吐鲁番姑娘；还有，你驱车迎接我时那欢畅响亮的笑声、举杯为我饯行时那惆怅黯淡的目光……难道，这美好的一切，很快地，只能成为梦中的情景？

你按维吾尔族人的风俗，轻轻地吻着我的额头，说：“别忘了，明年九月，瓜果飘香的时候，再来这儿！”

灯光下，一颗金色的泪珠，滑过我的腮边，沉沉地落在戈壁滩上……

一轮满月，伴我离开了富饶、美丽、多情的吐鲁番！

啊，明年九月，我怀着希望……

三峡六题

三　峡

啊，三峡，你是长江最骄傲的女儿！

屈原从你这里走出去，李白从你这里走出去，郭沫若从你这里走出去……

走出去的，和日月一样发光，和天地一样久长！

无数舟子的眼泪，汇作你怒涛叠起的惊险；无数舟子的白骨，垒作你危峰罗列的神奇。

不尽的川江号子，淹没了你百里山程水路的虎啸猿啼……

留下来的，成了风景，成了口碑，成了岁岁年年永恒的诱惑不朽的魅力！

走出去的，是你绚丽的风采；

留下来的，是你铿锵的风骨！

啊，三峡，你是长江最骄傲的女儿！

巫山十二峰

遥指十二峰，那云龙，那秀女，那飘飘的仙，那翩翩的凤……

人们美妙的想象，附丽了你们如此鲜活的生命——

十二峰啊，你们是巫山的幸运儿；自从被人赏识，从此身价百倍！

当你们在云纱雾帐里搔首弄姿，赢得了无数的青睐和喝彩时，我却看见山中许多无名的山峦，在默默地养育着青青的柑橘，默默地开放着红艳的山花。千百年了，她们从不为人所知，也从不为人所弃！

也许她们没有桂冠的重负，生命反而更为自由、洒脱、充实！

巴　东

沿江依山，石梯穿云。山高月小，栈道如藤。难怪自古以来，这里的野猿，能啼出游子三更的乡愁、五更的别恨……

今天我万里来此，猿声早已式微。踏山踏水，去寻秋风亭，去寻北宋那一位闻名天下的诗人、才子、正直又清廉的巴东县令——

传说他把权衡轻重的“铁权”，放置公堂之上，警策自己办事公平。

他不辜负民心，民心也没将他忘掉。

不信你看，秋风亭上，纸灰化作白蝴蝶，数百年至今，翩跹不息。

于是，我想起了他脍炙人口的诗句：

波渺渺，柳依依。孤村芳草远，斜日杏花飞。江南春尽离肠断，蘋满汀洲人未归！

魂兮归来，寇準先生！

香　溪

如果昭君不曾在这儿梳头浣衣，如果昭君也和他人一般向世俗低眉，香溪，你可能永世默默无闻！

那画师的诡计，那和番的情节，那大漠的风烟，那凄清的胡笳，那汉皇的遗恨，那美人的悲欢，全已消亡，成了静静的历史，成了夕阳下的牧歌和传奇……

但你活着，永远地美丽地活着，莹碧如泉，温润如玉！和浑黄的大江，一清一浊，恰成鲜明的对比。

在你身旁，“乡人念昭君，筑台而望之”。

何止乡人怀念昭君？天南海北，去去来来，两千年无数的脚印，足以把百千个昭君台踩平！

然而昭君台依旧，你澄明翠绿依旧！

香溪，香妃不死的魂灵！

香溪，体察世态人情的明镜！

秭　归

据说这里是屈原的故乡。

江边，弧形的石城墙下，有三间大夫的衣冠冢，埋着衣冠，也埋着《橘颂》……

屈原喜欢凤凰美人香草，怀王喜欢鸩雀妖姬箓葹。

屈原在怀王的手心里。

于是，被疏远、被孤立、被放逐，便成了屈原不可抗拒的命运。

据说那一天屈原要流放他乡，贤惠的姐姐流着泪赶来相劝，要他放宽心、莫伤怀，努力加餐。从此此地名秭归，从此屈子孤零零、愁戚戚，攀山溯水而去，从此他“哀郢”“涉江”“抽思”“怀沙”，从此他不曾回家乡！

一代忠魂，从此沉没于汨罗江！

秭归的柑橘，从此成了“后皇嘉树”，成了正直纯洁芬芳，成了天下人的向往，也成了棠棣之花的文章。

秭归城从此成了画、成了诗、成了千古名胜，成了天长地久、氤氲不散的歌唱……

白帝城

秋风兮袅袅，古城兮依依！

关于你，那些流传了多少世纪的故事，从前在书卷、在梦乡、在遥远的思慕中，如今在脚下、在眼底、在黄昏的江声和猿语里……

两千年前，便说这儿有白龙出井，惹得地方官乐滋滋急忙自称“白帝”而大筑城池。

后来有一部《三国演义》写刘备白帝托孤，热闹闹沸扬扬街谈巷议千秋万代直至今日。

后来又有“孟良梯”言之凿凿的古迹，将山间断崖绝壁上那百丈云阶，附会了《杨家将》好汉虚虚实实的种种传奇。

后来，李白、杜甫、刘禹锡、白居易、范成大、苏轼、黄庭坚、陆游……墨客骚人一个个一群群慕名而来避难而来走马观花而来结舍山居而来……于是有了“无边落木萧萧下，不尽长江滚滚来”“两岸猿声啼不住，轻舟已过万重山”的千古绝句。于是，你从此荣享“诗城”这飘逸浪漫、卓尔不群的芳名俊誉！

后来，那大将军冯玉祥眼见异邦入侵、国土沦陷，心潮难平，在城下的夔门题刻了“踏出夔巫，打走倭寇”摩崖巨碑！

那川东游击纵队政委彭咏梧，头悬城门之上慷慨就义，留一册《红岩》辉耀神州大地。于是，那轩辕正气便弥漫你的风风雨雨、山山水水……

告别你，几番欲行又止……

秋风兮袅袅，我心兮依依！

小女无才，写不成子美《秋兴八首》，写不成梦得《竹枝词》，写不成义山《夜雨寄北》，挥羊毫展素笺，写一个“心”字——

留在夔门，留在川江，留在白帝古城！

美丽的香港

这是一颗真正的东方明珠，过去，我对她的误解多于对她的了解。

远 眺

儿时，我曾随父母乘客轮经香港回故乡，船抵维多利亚港已是黄昏，大人们上岸去了，把我和弟弟留在舱中。香港在我的记忆里，只是潺潺如催眠曲的浪语涛声和一片橘红色的奇妙如童话的灯火。

去年十月到香港，算平生第二次也算第一次。

那一天从厦门和平码头搭“集美”号，蓝天碧海，顺风顺水，海行一昼夜。第二日黎明一觉醒来，香港外郊已遥遥在望，绿葱葱如春秧的海面上，浮泛着点点云山，似髻如螺——这一串串小岛是香港之外的离岛。离岛上，劈青山而建高楼，一律是雪白的高层楼群，如碑如林——全是欧式建筑，极为豪华美观。凭舷远眺，有白色巨大的雷达群停泊海面，有白色的巡逻艇游弋海中，给人以现代化良港的美好印象。

经香港岛，香港名胜海洋公园、浅水湾、深水湾、太平山、老衬亭等如画卷舒展，从眼前飘过。沿途风景美加上建筑美，令人心旷神怡，如置身画中！

早饭后，香港沙滩在望，沿岸绿树如林，在晨风中婆娑袅娜如迎远客，香港——这妩媚的东方之珠，已近在咫尺。

十时许，驳船将客人带往九龙大角咀码头。一上岸，就碰上笑眯眯如弥勒佛的鹭江大厦港方总经理施先生和他美丽的太太，大家亲切握手，这位既是企业家又是香港《文学报》老板的乡亲，殷殷至嘱择日接风后方才分手。

大角咀濒临维多利亚港——这儿是世界三大良港之一，沙明水碧，风光秀丽，使人想起故乡鹭江畔的东渡新港。

初 会

中旅社的导游小姐杨丽芳、何慧英早已候在码头，将旅游团一行数十人带上豪华大巴。于是我们开始了真正的香港之旅。

香港给我的第一印象是高楼林立、车水马龙，令人眼花缭乱。有意思的是，司机一律坐右边车座，而行人一律靠左走。更有趣的是车子也住高楼——十来层的大厦，一层层如螺旋盘旋而上，汽车按顺序一辆辆开上去“停泊”在楼中。我请教杨丽芳小姐为何如此，她说：“这是停车场，香港地皮少，建筑大抵向高空发展，所以有了汽车住洋楼的奇观!”

杨小姐又说，香港交通非常发达，飞机、火车、轮船、地铁就不用说了，汽车密度也是举世闻名，有一种电气火车开三十五分钟就到深圳罗湖。

说话间，大巴停下，何慧英小姐请游客下车共进午餐。

大家走入预先订席的“红磡四季火锅”。初看店面，以为不过是风味小吃店而已，谁知一进店内，竟如走入书香人家的客厅一般，迎面而来的是龙飞凤舞、镶嵌在玻璃镜柜里的宣纸对联：

人生得意须尽欢
莫使金樽空对月

还有泥金红底的关于茶和酒的诗词书法、山水丹青，古色古香古趣，传统的中国国粹，给这酒家增添了风雅的文化气息。侍应生彬彬有礼、笑容可掬，端香片、递手巾好不殷勤，台布、桌椅、刀叉、盘碟无不整齐洁净，令人身心愉悦，有宾至如归之感。

说是四季火锅，其实吃的是广式酒席，汤头味道与广州大同小异，只是便餐也按大宴规格，小碗小碟分菜分汤，给客人以十分的方便和满足。

饭饱茶足之后，众人登车经海底隧道至香港，沿途经繁华热闹的尖沙咀、湾仔，高摩云天如倒立方瓶的威尔斯王子大厦，银光闪烁的汇丰银行大厦，至香港的心脏地带中环——世界三大金融中心之一在此，然后车停在中环一带的绿晶酒店。

那由深绿浅绿柔绿嫩绿组成的美丽幽雅的“绿晶”楼，便成了我暂时停泊香港的方舟。

下午略事休息，有亲朋好友同学老师不断打来电话，使人心里不免涌起一缕温热。

黄昏，杨、何二小姐带我们乘车上珍宝轮游玩。珍宝轮上，灯火辉煌，筵开千席，游客盈船，觥筹交错，好一派繁华升平景象。乐池中歌星唱了一曲又一曲，大抵是流行歌曲，也跳迪斯科，彩灯明灭。歌声舞态，倒也平平，应景而已。依船舷，望四周楼层海面，无数灯火织成一张金光灿烂的巨网，网住整个香港岛，维多利亚港便成了一条珠光宝气、艳丽绝伦的金项链，不夜的九龙机场通明如昼，每隔五分钟便有一架飞机起飞——据说香港每夜仅灯光一项便耗金一百万美元。

船上遇首批回大陆探亲的台湾旅行团，知道我们来自厦门，极为亲切热情，忙将桌椅并作一处促膝交谈，颇有“他乡逢故知”的情味。

深夜归来，长街灯光似水，高楼大厦霓虹灯如彩色的眼睛，招商局、当铺、天桥的灯光，一一如流星忽闪而过。到了夜间，豪门淑女般的香港才露出了她浓妆艳抹之下的雀斑与皱纹。

沙田·宋城

沙田以前应该是香港郊区农村，现在却是赫赫有名的卫星城，从九龙乘车，十来分钟便可抵达。

车入沙田，树绿花红水清沙白，空气顿觉新鲜许多，而且耳目清净，少了许多城市喧嚣。

扬名世界的沙田跑马场令人叹为观止。这儿拥有可供七万人参观的看台，拥有巨大的荧光屏，以及现代化的跑马道。这儿的马匹，配备有专门的音乐室、按摩师，每日清晨必须由专人带到草地上散步。

三座高耸入云的大厦——希尔顿中心、伟华中心、新城市中心并连一起，形成了一个宏伟壮丽的高层建筑群落，楼下三座巨大的圆形音乐喷泉，水花喷洒如珍珠飞扬，乐声袅袅如流泉淙淙，四周纤尘不染，给人以高雅、美丽、洁净、舒适之感。二楼连着地铁，有图书馆、大会堂，以及涵盖食物、服装、鞋帽、眼镜、书籍等商品的各种商场，三楼另设地铁商场、楼中公园、儿童娱乐场、欢笑乐园等。在这样的地方，一切的生活、娱乐设施全部具备，足不出户便可以享受现代的物质与精神文明，方便、舒适自不待言，现代化的建筑艺术加上高效能的综合利用，实在令人赞叹不已！

据说二十世纪六十年代的沙田还相当萧条，最艰难的是居民的吃水问题——四天才供一次水，逢上供水日，孩子不上学，职工不上班，专门候水。当时，党中央对沙田缺水的问题十分关心，特地指示引广东东江水进新界，才解决了喝水难题。接着，政府建设丁屋给当地菜农居住，又不断盖高楼大厦、建工厂。于是，菜农们在附近找工作才变得容易起来，加上地铁、汽车、小巴来来往往，非常方便，沙田才真正改变了六七十年代的光景，成了香港一块幽静秀丽又闪烁着现代化光辉的沃土。

宋城的名气很大，是一处人造古迹。但回头想想，在这能有这么一点民族传统文化，也算难能可贵。

宋城是一个仿宋建筑群，飞檐起脊，厅堂街巷，一如宋时建制，连城内全体工作人员，不分男女老幼，也一式宋朝打扮。走进城里，长衫方巾，彩裙螺髻，连说话也带三分古典滋味，令人以为误入戏台。最有意思的是蜡像馆，内塑历代帝王七十人，每一尊帝王像皆形神兼备、栩栩如生，四周的环境又极和谐，给人一种历史氛围："江山代有才人出，各领风骚数百年。"对于中外旅客来说，参观蜡像馆的意义远远不只是猎奇，它也是一部立体的中国史，它给人以知识和思索。宋城的餐馆也是宋代模式，有宋代文人墨客苏东坡、欧阳修、周邦彦等人的诗词书画，一派文墨书香气息。

另一馆中设有各类作坊、药房、相术馆、食品摊等，连同堂馆侍女，皆是宋时模样。好一派盎然古趣。

问起宋城是何人所建，何小姐指着墙上牌匾，方知是明仁船务贸易有限公司施永宗先生捐建，这一别出心裁的建设，不能不说是一大公益善举。

走出宋城也是走出历史，门外正拓道路，建高楼，工地上汽车奔驰，推土机轰鸣，那一种现代景观，使宋城之游转瞬便成为梦境。

水中之诗

香港海洋公园里的海族馆留给我的是诗的记忆。

一进门便是珊瑚的世界，什么笙状珊瑚、菌状珊瑚、莴苣状珊瑚、桌状珊瑚、柱状珊瑚、脑状珊瑚……红橙黄绿白蓝紫，千姿百态，五彩缤纷，在柔和的灯光下，更显得婀娜多姿、仪态万方。

海藻乎？花朵乎？动物乎？石头乎？珊瑚的真正身份，多少世纪以来一直是一个谜。于是，海族馆里有了诗一般的介绍：

——因珊瑚不会走动，有些科学家便认为它是植物；

——哲学家亚里士多德则认为它是会开花的石头；

——而中国古代文献却往往将珊瑚列入金石部分，与珍珠翡翠同类。

这些争议直到十八世纪才有结论，在一七二六年，法国人裴逊尼基于长期观察活珊瑚生态之后，发表文章认定珊瑚是动物而非植物，至此，珊瑚的身份才正式被确定。

我看见水中的活珊瑚，长长的触角翕动如呼吸，米兰大小的艳红色的珊瑚花正悄悄地开放，有银色和深蓝色的鱼儿游弋其间。

我看见散漫似星群的橙色珊瑚在淡蓝的水箱里有如一江星斗，长长的黑色金边海蛇正写意地来回穿行。

我看见乳白色的珊瑚花像少女纤柔的手指。

我看见粉红色的珊瑚花像婴儿小小的手掌。

如菊花盛开的珊瑚树丛，长袖善舞的鱼娘环绕左右。

如樱唇微启的珊瑚花心，微微颤抖的珊瑚花蕊像姑娘含情脉脉的微笑。

有碧绿的珊瑚树如热带生机盎然的雨林。

有洁白的珊瑚礁如西伯利亚茫茫的雪野。

这些美妙绝伦的珊瑚，其形、神、色，丹青怎能描摹？难怪，平日或像青春少年，或像高贵绅士，或如文官武卫、行伍军人的大鱼、小鱼、海龟、巨鳖，全被笼罩在幽雅脱俗、千娇百媚的珊瑚公主的美丽光华之中！

有人说珊瑚是水中之诗、海底雕塑，参观了海族馆，信此言不诬。

谁也想象不到在这里，珊瑚这小小的腔肠动物具有何等神奇的魅力！海族馆用科学的阐述、画的结构、诗的内涵以及现代化的灯光艺术，使它在游客心中留下了永恒的美好的记忆！

过山车及海豚

海洋公园的过山车令人终生难忘。

那过山车，车厢如气球，有红白二色，最高处离地两百多米，铁轨如腾空巨龙，三折盘旋均成九十度角，人必须在空中作两个高速全滚翻。未尝过滋味的跃跃欲试，已阅历惊险的摇头不已：“乘此车，一次已矣，岂可再乎？”

也许乐于冒险是人类的天性之一，我当然也不肯错过机会，登上车厢卡上安全杠时，心里虽仍不免有几分犹疑，但已经上车就绝无下车之理。待经过翻天覆地、翻江倒海、翻肠倒胃的一番惊险下来，我的感受如同同行的张先生所说：“坐一回过山车，真把人生的甜酸苦辣全尝遍！”

下车踏上平地时，面孔铁青、毫无血色，仿佛大病了一场，耳边许久仍是高空中飞车与铁轨相触时震耳欲聋的轰鸣。

在香港的那充满色、声、光等种种刺激的社会里，过山车也算是其中一种吧！

当然，公园里富于刺激的娱乐项目不止过山车，诸如能将人几十次一会儿抛上天空，一会儿摔下“深海”，晃得你翻白眼、吐黄水的海盗船，还有几十辆飞车围绕一个圆圈，开动时如张开的螃蟹的“八大爪”，以及太空轮、过山龙等，无不惊心动魄，令人有九死一生之感。

如果在平淡无味的生活里要增添一点椒辣味，必须到海洋公园来。

但过山车之类的留给人的记忆远远不如那随着音乐翩然起舞的海豚。那海豚或单只或成群，随着音乐的节拍，井然有序地前行、后退，顶着彩球做出各种美妙动人的姿态，那形象就像聪明可爱的孩童，一举手一投足都充满天真烂漫的气息；那神态又像高贵的艺术家，有一种进退合度、舒展自如的迷人风度。

我不能不由衷佩服训练师坚韧不拔的毅力和炉火纯青的技艺。

百鸟居和标语

如果你没有到过香港海洋公园，实在无法想象在香港那样高楼林立、连蓝天都被建筑群切割得支离破碎的繁华都会，竟能存在如许美丽的小鸟乐园。

沿通幽曲径上山，便见翠草茵茵如地毯，绿树扶疏如屏风，随处山花烂漫，野藤蔓延，瀑布哗然，流水潺潺，令人如入深山野林之中，完全的自然情趣。耳边忽有鸟语啾啾，抬头一看，有白臀山麻、朱连雀、翠绿斑鸠、阔嘴翠鸟、绿啄木鸟、橙头地鸫、黑枕黄鹂、蓝和平鸟、鱼狗、椋鸟、黑头伯劳等几十种鸟儿正嘤嘤啼鸣，似婉转歌唱，又似呼朋引类，见游客，一双双眼儿滴溜溜地睨人，一点也不害生。山中有水塘，红鹭、绿头鸭、圣鹭、白鹭、白腹秧鸡，或嬉水，或凫游，或仰首亮翅翩然如舞女，或低头含胸信步如夫子，真是翠羽斑斓、花团锦簇，令人目迷五色。

望着“百鸟居”三个大字，我心中正诧异，这么多美丽的鸟儿，纵有山泉花树，难保不远行高飞。导游小姐似乎颇解人意：“诸位抬头，看看天空！”

哦，高高的天空，布下一张天罗地网，尼龙网络，细密晶亮，肉眼不易看清，毕竟小鸟们的命运还是掌握在人类的手心里！

步下山来，有一精致的鹦鹉馆，各种玲珑的鸟笼里花架上，千姿百态、艳丽夺目的鹦鹉——德国无花果、侏儒鸟、黄枕阿马逊、非洲灰鹦鹉、新安吸密鹦鹉等，“巧舌如簧”，或歌或诉，令人不胜愉悦。

最逗人游兴的是建于芳草地上的鸟屋——有形似巨大时钟的黄色小屋，有半圆如初八九的月亮的红色小屋，有翡翠瓦杉皮柱亭亭立于水中的八角小屋等。屋顶分别插着形形色色的鸟国国旗，屋里居住着各种各样的鸟国居民，鸟语交汇如扰扰市声，鸟友来往如温温人情，实在可爱极了！一座鸟屋是一个童话，它给人的享受远远不只是百鸟和鸣陶冶身心的美感，它还给人以纯真的童心和美好的童趣。

百鸟居是香港社会的奇迹，也是香港人心灵中的福地！

海洋公园引人遐思的还有触目可见的标语。在入门行人拥挤处，抬头可见“提防小手”；在低洼湿地上，有“地面湿滑，敬请小心”；在园中公共长椅上，有“保持清洁卫生，请勿踏足椅上”；在山上，有“高空掷物致人死伤，自律积德福比天疆”；在水塘边，有“注意水深”……

各种标语告示，对游客或关照或提醒或劝勉或告诫或指导或帮助，不论是哪一种情况，标语的内容都是客客气气、文文雅雅的，如亲人殷殷相嘱，如师长谆谆教诲，令人看了，心中自然而然地涌起一份亲切感，诚心诚意地按告示去律己诫人。这种告示，看似平常却含情其中，于是自然有一种难以觉察却能够体味的熏陶人心的魅力，它对于维护社会秩序，无疑起了朋友和导师的作用。

海洋公园的百鸟居是艺术，标语告示也是艺术，因此游人过目难忘。

汇丰银行一瞥

一天，我和张先生去参观汇丰银行。

赫赫有名的汇丰银行建在德辅道中中环，一式由银灰色的不锈钢建成，全部造价为五十亿港元。

走进汇丰，经理黄彬先生和公关部甘明艳小姐彬彬有礼的接待使我有宾至如归的感受。黄先生娓娓动听地介绍并热情洋溢地带领我们参观。汇丰的建筑叫人不能不叹服现代科技的威力，它改变了人们对建筑学的固有观念——以前总以为建筑与土木分不开，然而，汇丰的建筑，不见水泥和木头，只有钢铁和玻璃。室内，二百五十块铝镜加上四百八十块玻璃构成的阳光反射镜，使每一间办公室都通明透亮。

汇丰共数十层，几十个房间一式铺银灰色的地毯，与主体建筑形成统一的格调，每一层楼均设会见外宾客厅。各厅一面可观山，另一面可眺海，太平山的秀丽和九龙的繁华尽收眼底。室内布置高雅整洁，到处有花有树。那些花树盆栽全是精心培育的，如同艺术品一般。

汇丰银行共有职员四千人，但不管你走进哪一间办公室，都静悄悄的，所有人员全都在聚精会神地工作，令人如入无人之境。在这里，森严的纪律与高效率的工作密不可分。

甘小姐送我们走出汇丰，楼下的人行通道修建得如同广场一般，是理想的公众活动场所。

小车带我离开汇丰，从车窗远望这颗香港岛上的银色巨星，我心里有一种真诚的敬仰！

浅水湾半日

以前以为香港没有风景，到了浅水湾，才知道自己孤陋寡闻。

浅水湾是一片湛蓝秀丽的海域。我到浅水湾，是一个秋阳明媚的上午，入得浅水湾公园大门，迎面而来的是一副苍劲的对联：

爽气西来，云雾扫开天地憾
大江东去，浪涛洗尽古今愁

那气魄颇为雄浑，令人胸襟顿开。园内花红草绿，松风拂拂，有十来米高的观音娘娘塑像，面对大海，海滩上沙白如玉，波平如镜，水清见底，有石桥如龙，探首入海。右边山坡上艳阳下银光闪烁的楼群摩云穿日，衬着蓝天碧海，有如琼宫玉阙一般。左边青峰点点，如碧玉，如青螺，海面芥舟数粒，飘逸如画，游人至此，领略着草色花香，沐浴着天风海涛，面对大自然的清新秀丽，令人不禁心旷神怡、豁达开朗。人世间的蝇营狗苟、商场中的尔虞我诈，一时间全部丢到九霄云外去了。自然环境需要净化，人的心灵也需要净化，浅水湾是一汪净化人心的清泉。

山水因诗书而传世。没有文化的山川再美丽也缺少雅趣。浅水湾虽跻身十里洋场之中，却到处充满中华文化气息。这里有洛神、王羲之的塑像，有警世的对联：

愿天下翁姑舍三分爱女之情而爱媳
望世间人子以七分顺妻之意而顺亲

这里的亭台楼阁，一律朱梁画栋、飞檐翘脊，给人以古典韵味，而台榭横批竖对，如：

屋后流泉幽咽洽香草
亭前垂柳珍重待春风
烟锁池塘柳
辉增镇海楼
松风水月，未足比其清华
仙露明珠，讵能方其朗润

特别是万寿亭上，塑着三山浮雕，有短联“东方之珠巨龙遨游　太平万世繁荣九州”，有长联“景衬万寿亭，狮踞龙盘迎瑞气　春临千载海，凤翔鲤跃兆丰年”，情景交融，诗意美与风光美相得益彰。

香港人称浅水湾为“人间胜地无双景，天下名川第一湾”，亲历其境，信其然也！

迷人的太平山

太平山原来叫作扯旗山——从前海盗多，人们见海盗来，便登山扯旗为号，故名。后来海上安宁，天下太平，便改作太平山。

黎明时分上山，晨风轻柔似水，绿树氤氲如烟，山间有空中缆车，乘缆车登山如飞鸟腾空，半山富家别墅千姿百态如繁花朵朵，山腰有一座西班牙式与中式珠联璧合的四层楼房。

山中有司徒拔道瞭望台，瞭望台旁边有一石，亭亭玉立如秀女临风，人称姻缘石，问其缘由。原来，石中有一缝，据说游人燃香其间，在烟雾漫漫之中，男可见未婚妻容颜，女可见未婚夫面目，因而引得红男绿女翩然而来，络绎不绝。

山顶有狮子亭，精工细致，古色古香。立亭上，高楼如云，碧水如带，维多利亚湾风光尽收眼底，实在美丽极了。据说狮子亭设有狮子会，这是一个由知名人物、热心人士组成的世界名人组织，旨在发展社会福利事业。亭上有对联写道：

登斯亭而北顾，九龙豪气接中原

窥万物以东瞻，万马奔腾来大海

一夜，同学陈君来探望我，问我香港何处最美，我答："太平山首屈一指！"陈君说："你看的是白日的太平山，倘夜游更佳！"

陈君兴致勃勃驱车伴我前往太平山，一路上沿山柏油路似巨蟒盘旋，路面有石标如一线萤火，闪着柔弱的绿光。陈君说，那是一块块猫眼石，按等距离打成路标，保证行车安全。山高约四百米，全山碧汪汪的，不见一尺裸土，绿化极好。

抵山巅，首先映入眼帘的是对山峙立的大东电报局发射台，如炬红灯在漆黑的夜空里闪烁着神秘的光芒。俯瞰山下，则东西南北，景观各不相同。

港岛南部，无数灯火倒映水中，海面如坠宝石万顷，清风徐来，浮光跃金，著名的南丫发电站和置富花园居民小区静卧在美丽璀璨的灯影里，仿若琼楼玉宇。

眺望香港北部，维多利亚港上无数船舶灯光辉煌，如一枚巨大的金刚钻胸针别在港口的胸襟上，葵涌集装箱码头亮晃晃如同白昼。

中区是香港的心脏地带，东南亚和世界许多跨国公司的银行都设在这里。这里高楼林立，多姿多彩的霓虹灯珠光宝气，令人望之目迷五色。

回望东区走廊，高速公路上密如星群的灯火像一条硕大的金蛇，蜿蜒在港岛的东角落。过海的尖沙咀，灯火灿烂如万顷珠玉漫地，叫人分不清海洋和岛屿。不夜的香港岛是一位不睡的美人，从太平山上看夜美人，除尽览万般风情于眼下，还别有一番既辉煌艳丽又朦胧如梦的东方情调。

太平山有山顶公园，公园里草地茵茵如丝绒，松风飒飒似古乐，星月交辉，灯影明灭，好风如水，极清幽雅静。有情侣双双，偎依于石凳石栏，喁喁低语。万种柔情，弥漫山间。

香港拥有太平山这样秀丽的山林并不稀奇，稀奇的是身居闹市的太平山居然如许清幽恬淡、温情脉脉，令人销魂。

太平山，憩息心灵的胜地！

星洲如梦

不向东山久，蔷薇几度花！

——李白《忆东山》

曾经千百次海隅漫步，远眺沉沉一线青山，想象着梦中的南洋，那一岛如星的地方；曾经千百次月夜徜徉，遥望茫茫天际疏星，回想起异国的童年，那扑朔迷离的时光……呵！星洲，我的血肉之躯衔环落草之地，我的双亲半生萍踪之旅，我的祖父漂泊之乡。除了中国——这深埋先人骨殖的热土，世界上，再没有一个国家，能像你那样令我魂绕情牵……

梦里星洲

自从红灯码头买棹归来，从此一轮秋影转金波，星洲梦里，梦里星洲，弹指间已是数十个年头……

日月永远年轻，而回忆总是古老，虽然光阴流逝，人间变化万千，但时时来我梦中的星洲，依然是儿时模样。

那时候，新加坡岛上，到处种满了甘蔗、橡胶、甘蜜、椰子、米谷和胡椒；新加坡河上，偶尔还有鳄鱼逍遥。在这个印度洋、太平洋、大西洋三大洋航海家们聚首相会、握手言欢的举世闻名的港口，来自世界各国的船舶悬挂着五彩缤纷的旗帜，停泊场上，搬运工人们用着各种语言高声叫嚷。如果你是外国游人，那些手脚灵便的儿童小贩，便会笑眉笑眼地追随左右，殷勤地塞给你珊瑚、贝壳、檀香盒子以及各种各样的工艺品，那一份热情令你即使囊中羞涩也无法空手离去。

那时候，新加坡的“的士”还很有限，街上随时可见印度人驾驭的系一串铜铃的马车，满街叮叮当、叮叮当地招摇而过；人力车也比比皆是，车夫有马来人也有中国人，他们最熟悉的几个英文单词是 ship（轮船）、city（城市）和 club（俱乐部），无论客人向他们诉说什么，他们总是温和朴实地笑一笑，回答一句“Yes，all right（是的，当然）”，然后沉稳地拉起车，悠悠地把游客从城里拉向码头，或者从码头拉往星罗棋布的街区。

对于中国人来说，旧日的星洲街市有着非常浓烈的华埠韵味，甚至不少街名也一如我们家乡，因此令人终生难忘。那儿有条街，名缴间口，又叫宝字街场，是三四十年代华侨聚居之地；有一条福建街，曾经是闽人盈集之处，也是造马车的地方；有吉宁仔街，栖息着成群结队的吉宁船夫；还有一条蓝兜巷——街巷的空地上长满了美丽的蓝兜花，当地华侨向马来人学习，煮饭时放上一把蓝兜叶，于是，午饭时分，一巷蓝兜飘香……最有意思的是诗书街（又名丝丝街），不说别的，仅仅街名就完全是中国的国粹了。

那时候，侨居新加坡的欧洲居民，除了办事或上俱乐部，大体住在郊外那些庭前院后棕榈树摇曳的精美的小洋房里。市区里林林总总的银行、货栈，大大小小的商店、巴刹（市场），则几乎全为中国人所包揽。扰扰市声大抵是闽南话和潮汕语，风雨剥蚀的骑楼和鳞次栉比的小摊小贩，让人觉得恍如当年中国的厦门或广州。

记忆中的新加坡海面永远平静，停泊在黄昏里的巨轮，露天甲板上总放着一架钢琴，船员们高兴时，往往边弹琴边跳卡德里尔舞。在椰子树下，在微风轻扬的海岸上，落日的余晖使赤道上的一切充满了诗情画意。

当时，我那身着艳丽纱笼，头绾一柄镂花银汤匙的秀媚如花的马来“阿三”（保姆），常常用背带把我背在背上穿遍大街小巷，看街景车马人流，吃纯中国式的肉粽咸粥，也吃马来风味的椰丝、沙茶、咖喱牛肉……

当时，我的外祖父住在星洲岛上离巴塔山不远的直落亚逸，那儿，有许多斑斓的故事和我儿时的梦依偎相连。其中总难忘怀的是长辈们传说中的唐宁炮台山（又名禁山、王家山）。据说星洲岛原名淡马锡岛，十二世纪时巨港王子在古淡马锡岛建都时，才将此岛改名新加坡，并在康宁山上修筑了豪华富丽的王宫。康宁山背后有一条清粼粼的小溪叫禁河，古星洲王的一群年轻美貌的妃子，常常到这儿来沐浴嬉戏——难怪当年此山被封为禁区，不许平民登临观赏，康宁禁山也因而平添了几分神秘气氛。当然，在十九世纪初莱佛士踏上新加坡岛之后，禁山依然苍绿，王宫已成废墟，而澄澈温柔的禁河流水寂寞地流过历史，流入城市，沿着宝淡卜街流进我的童年，从此成了浪漫星洲家喻户晓的淡水河……

那些星星点点的人事，那些朦朦胧胧的风景，那些凄丽迷人的传闻，说来奇怪，时空的距离不曾使它们褪色；相反地，在我心中，那些遥远的记忆伴随岁月的积淀却愈加温馨愈加清晰。

重返星洲

三十年春晨秋夕古朴而执着的相思，有一天，终于化作了久别重逢的惊喜。

那是蛇年岁尾，我有幸作为厦门经济考察团成员之一，应新加坡敦那士集团之邀前往星洲。对我来说，这不仅仅是一次增长见识的公务，一次愉悦身心的旅行，还是一个重访心中故地的美梦的实现。

十月二十三日上午，明媚的阳光伴我离开故乡前往香港。从飞机上俯瞰高楼林立、华街纵横的香港盛景已丝毫无法引起我的热情，我心中的向往只有两个字：星洲！我们一行五人暂停香港办理转机手续。每日吞吐量达三万人次的启德机场，拥有世界一流的候机厅，那些高雅迷人的餐室酒吧、豪华富丽的超级商场足以令所有过往游人流连忘返，然而我坐在酒吧廊椅上边吮吸橙汁边心驰天外，对眼前的一切花红柳绿、珠光宝气熟视无睹，我眼中盘旋飞舞的只有一个去处：星洲！

在难耐的等待里终于盼来了登机的时刻，二时四十五分，我们离开中国香港登上飞往新加坡的新航波音747。此机刚刚启用，崭新华丽宽敞舒适，横三排、竖三十六排，共有三百六十个座位，空调、地毯、沙发，富丽堂皇自不必说，还配备有无线电收音机供旅客收听音乐和新闻。最可爱的是花枝招展的空姐，她们全部穿着色彩鲜艳的长纱笼，长裙曳地，配上高跟花拖鞋，笑吟吟地提着精编元宝式竹篮为旅客分发食品饮料，那一种风情韵致，令人想起当年新加坡岛上娇媚动人的马来姑娘。

时近傍晚，灿烂的夕照把舷窗外的云海映照成一个绚丽辉煌的童话世界。飞机驶进了我梦中的旅程，驶进了我心中的童年。由香江之畔起飞后，三个小时的航程仿佛漫长无比。当飞机徐徐下降，当世界三大洋交汇处那一枚晶莹的绿宝石——星洲依稀在望，我止不住清泪盈颊、双眼迷蒙，有一种近似晕眩的喜悦和惆怅同时袭上心头，啊，梦里星洲，山川依旧……

当我迫不及待地步下舷梯踏上星洲陆地，方才如梦初醒——我已重返星洲！正是华灯初上时分，拥有世界一流设备的新加坡樟宜机场，无论是飞珠溅玉的彩色喷泉，无论是优美动人的柔曼音乐，无论是千姿百态、光彩夺目的巨型吊灯，还是琳琅满目、如同瑶宫仙阙美不胜收的超级商场，全都光辉灿烂如同白昼，这儿云集了来自世界各地的商品，同时汇集了世界各地的客人。那些红白黄黑各种肤色的人们相聚一堂，人人彬彬有礼、温文尔雅——彼此大抵不是用语言，而是用眼神和微笑相互招呼，令人深深体会到小小星洲在世界东方特殊的地位和迷人的魅力！我知道我来到了一个现代化的国度，这里的物质文明由宏伟壮丽、尽善尽美的机场设施可见一斑！然而，当年为我码头挥别的白发苍苍的亲爱的外祖父哪儿去了？当年缭绕黯淡的桅灯凄迷低飞的成群的海鸟哪儿去了？当年佩着胡姬花沿着石板路轻移碎步的马来少女清脆的跫音哪儿去了？啊，星洲，熟悉而陌生的星洲！我身在其中又身在其外的星洲！

未出机场，就听见栅栏外传来各种呼唤的声音，有英语，有华语……那是星洲各界知名人士、星洲的故国乡亲，还有中国驻新加坡商业代表处的官员前来迎接我们。于是，耳畔的温情，心底的亲切，令人忘却了怀旧的忧郁。

敦那士集团主席唐裕先生用小车带我们去旅馆，车子驶上通往城区的高速公路。大道笔直如发，两旁如锦如绣的绿树、鲜花、草地在明丽柔和的街灯映照下朦胧如仙境。馥郁的芬芳在夜色里飘荡，使人想起了久违了的胡姬花——这驰名世界的星洲国花！唐先生对我说：“陈小姐，你自小离开星洲，这次回来，一切已是今非昔比！”

唐先生一路上为我介绍，新加坡共二百六十万人口，市区原来仅八平方公里，现在又填海七平方公里，人造地将近市区的一半，全城大约五十个区，分为行政区、工业区、生活区、古迹保护区等。市中心还分成几个小区，如银行多于米店的金融中心——金鞋区，商场如林、游客如鲫的旅游购物中心——乌吉区等。无论大区小区，除了配套的水电、交通、邮政、银行、商店、巴刹（集市）、娱乐场所等各种服务设施外，各区都设有学校、花园、运动场所。新加坡几乎全是绿地，除了道路，很难找到一尺裸土——这一点在我后来的游览旅程中得到了证实。无论城郊私家花园洋楼，还是城区高层豪华公寓，到处都被绿荫笼罩。实际上，星洲全境就是一个绿树、青草和繁花构成的花园岛国。

啊，这片留给我几多童心、几多亲情、几多梦忆的星洲，对我来说既是那样熟悉，又是如此陌生！

不了缘

风驰电掣的车子在茫茫的灯海里仿佛一叶飞舟，驰过夜色迷人、如诗如画的机场路，驰进光明如昼、繁华热闹的现代化街巷，最后停在合禄路上一家墙面全部由玻璃组成的金碧辉煌的旅馆——晶殿大酒店。走进大酒店如同走进阿里巴巴的宝库，水银镜、玻璃墙、水晶吊灯种种，令我全身上下、前后左右都沐浴在一派五光十色、迷离闪烁的光影、光晕、光圈里。特别有趣的是喷水池前拔地而起的金晃晃的圆形露明电梯：六座电梯组成一朵金色的莲花，数不尽的钨灯如同金色的莲蕊，灯光水光交映，金莲栩栩如生，令旅客有如步入神仙福地。

刚刚放下行李，星洲长春有限公司的老板白火煅先生父子便邀请我们上街去吃晚餐。他们问我们吃中餐还是吃西餐，我说："劳顿终日，最好有家乡的咸菜、稀饭！"东道主一听便笑话我刚出国门就想家了，没想到考察团一行五人全同意我的选择。于是，主随客便，立即驱车出门。车子盘旋数里，来到一条长街，灯火通明里，两旁骑楼下，密密麻麻全是写着繁体汉字的商店，光是餐厅食店便占据了大半街面，那样式完全是当年厦门大同路的翻版。白先生说，这儿就叫牛车水。

哦，牛车水，多么熟悉多么亲切的名字！这条被父母亲朋成千上万遍提起的唐人街，这片曾经让马来“阿三”无数次带我前来游逛的故地，如今，终于有缘再相见！如果说，星洲的其他街区和当年相比已面目全非，而牛车水，除了霓虹灯广告取代了古老的招牌，电风扇取代了芭蕉扇，水泥地面取代了石板街，其他的几乎一如从前。见到它有如见到了阔别多年的老友，自然而然地有一份故旧之情，有一份沧桑之叹！

白家父子领着我们到了一家潮州饭馆，店主、堂倌全是潮州人，老板娘见到我们，忙手脚麻利地走拢来，笑盈盈地招呼客人，那一口温软甜脆的中国潮州话，令人倍感亲昵。霎时间，大盘小碟端上桌面，潮州稀饭配上咸菜、酱鹅片、黄豆炖猪蹄、煮花生、金针菜等，色味俱佳，清爽可口，大家食欲大增，不一会儿，便风卷残云一扫而光，个个吃得满头大汗、痛快淋漓，行旅的疲劳全丢到九霄云外去了。于是众人皆夸我主意不错，一个个喜洋洋地打道回府。

回到晶殿大酒店那巍巍高楼上的椭圆形豪华客房，打开房门即见地上躺着几张英文便笺，仔细一读才知道是电话记录单。原来，我的舅母已打过电话来酒店，让我一进门立即回音。我忙拨了舅母家中的电话号码。舅母听到我的声音，喜极而泣，迫不及待地一叫再叫我的乳名。老人家说，知道我今天重返星洲，不知何等高兴，从清晨等到夜晚，不见去电话，让她急得像热锅上的蚂蚁似的，又说我的阿姨也从马来西亚赶来星洲看望我，整整等了我三天了！我听了忍不住热泪沿腮滚下，襟袖尽湿……

子夜时分，辗转难眠，披衣下床，拉开厚重华贵的金丝绒窗帘，遥望星洲一天星斗半城灯花，遥望贝聿铭先生设计的、霓虹流辉溢彩的七十二层的香山饭店，遥望昔日外祖父悠然信步、此刻月华如水的直落亚逸长街，遥望当年挥别星洲，启程回到祖国的红灯码头，我心如潮，起落难平，三十载一觉星洲梦，都疑幻境转成真，此时此刻，百感交集，叫人怎能酣然入梦？

啊，星洲，父辈流落飘零的土地，生我育我的土地，少却了浓浓野趣增添了无限风情的土地，长别离，短相聚，旧梦新痕泪如雨；缘未尽，情难了，不了情缘寄清宵……

明日又沐蕉风里，千里相思何时已？

麦哲伦岛游踪

我常常怀念麦哲伦岛，对于我，她是一个阳光和月光交织而成的五彩斑斓永不褪色的梦；对于世界，她却是一个真实而美丽的存在。

认识她是在当年秋天应《世界日报》社长陈先生之邀出访菲律宾的时候，好客的东道主在我结束对首都马尼拉的访问之后，特地请该报记者吴女士陪我前往菲律宾岛第二大都会宿务参观游览。接风的宴席上，宿务市商界巨子、著名侨领吴先生热情地告诉我："陈小姐，你应该到麦丹去看看，那是个美不胜收的好地方！"

"麦丹?"

"就是麦哲伦岛——世界著名航海家麦哲伦被杀害在那儿！"

啊，麦哲伦岛！多么富于诱惑力的地方！

《世界日报》驻宿务办事处的李先生见我神往之至，立即说："明天我们陪您上麦丹！"

麦哲伦岛离宿务仅二十公里。次日晨，一辆汽车带着李先生、吴女士和我，沿着绿色的杧果大道飞驰而去。远远地，可以望见一片青葱的海域，四周点点渔村如风景素描，一座白色大桥跨海凌空而起，李先生说："这是麦哲伦海峡，过了桥就是麦哲伦岛，岛上以生产吉他为主！"

难怪沿街商店大抵挂着棕黄色的亮铮铮的吉他，柔婉轻快的琴声，飘扬在街头巷尾。商号不论大小，店员一律笑脸相迎，有衣裙鲜艳、体态轻盈的少女晃着宝石耳坠款款地漫步街头，有富态老人拉一条卷毛巴儿狗横街而过，一种悠然自得的民风，写在街市间。

穿过闹市前往海滨，繁花照眼，椰林夹道，一派浓烈的热带色彩。遥遥地，听得海浪哗然却看不见海。下了车，踏入一栋坐落在茂密椰林丛中的宽敞秀丽、美如童话的酒吧——这酒吧用泥巴和树叶搭成，五颜六色、晶莹亮丽的贝壳缀成顶棚，色泽金黄、油光闪亮的镶木地板，精致的竹桌竹椅，檐前吊着金丝草花篮，盛开着各种葳蕤的不知名的花儿。我们挑了一张桌子坐下，容颜姣好的侍应小姐笑容可掬地端来矿泉水，我怀疑自己置身森林之中，忍不住问道："小姐，海在哪儿?"

这位名叫丽莎的侍应小姐嫣然一笑："呶，就在您身旁!"

顺着丽莎的目光，透过酒吧外葱郁的椰林和棕榈丛，可以看见一道道蓝火焰一般的闪光。原来，酒吧建在山坡上，大海就在脚下，无数绿树构成天然的屏风，使美如倩女的大海欲露还藏，撩人情思。

"这儿叫'淡雾里'（TAMBULI）海滩，是世界著名的旅游胜地之一!"李先生热情地向我介绍。

呵，多美的名字——淡雾里！难怪风景不俗，一见面就有雾中观花的朦胧之美!

我们邻座的日本、美国、法国、英国、俄罗斯、澳大利亚游客，全都神情怡然地喝冷饮、品尝樱桃冰激凌，一个个好不快活。丽莎捧着衬上芭蕉叶的大木盘为我们送来丰盛的午餐——糯米饭团、烤肉、熏鸡、炸马加鱼和鱿鱼、木瓜丝、芒果片等，是地道的异国风味。美景佳肴，令人陶醉。

饭后，步出酒吧，下了山坡，便见漫长的海滩沙白胜雪，天与海连成一片无边无际的蔚蓝，浮云朵朵，不知是游于天边还是落在水面，五彩缤纷的三角帆信风漂流。远处，圣淘沙岛犹如一只翠羽斑斓的孔雀，浑身闪烁着迷人的金光，沿海湾建有西式别墅数十栋，内部装修豪华富丽，现代化设施一应俱全，可房外尽覆泥巴树叶，作古朴状，别具一番乡土风情。辉煌的太阳慷慨地照耀着这里的一切，沙滩上散置着一座座玲珑可爱的稻草棚，如阳伞，如蘑菇。稻草棚下的绿色沙发上，来自各国的游人或三五一群，或成双成对，或卧或坐，尽情地享受着阳光、天风和海涛的抚爱。

一位碧眼金发的美国朋友走过来，友好地用英语和我打招呼。

一位俄罗斯妇女带着小孩在沙滩上拾贝壳，我把手中一枚乌黑闪亮的虎皮斑纹贝壳送给那位可爱的小男孩，他的妈妈一看可乐了："太美丽了！谢谢!"

一位法国小姐趴在竹制的凉椅上享受日光浴，见我走到身旁，抬头微微一笑又亲切地向我点头致意。

一批又一批的旅行者从世界各个角落汇集而来——在这儿，不同国度、不同语言、不同肤色的人们一起依偎在大自然美好而温存的怀抱里，没有仇恨，没有猜忌，阳光和大海美化了世界，也净化了人的心灵，留下的只是诗和画的心境，以及纯净永恒如白雪、浪花、沙滩一样的友谊!

"麦哲伦纪念碑在哪儿呢?"浏览海色风光不是我来麦丹的唯一目的，勾起我游兴的首先还是麦哲伦。

李先生理解我的心愿，驱车离开"淡雾里"，来到当年麦哲伦葬身的地方。这里，一片辽阔的沙滩缓缓冲入大海，西斜的阳光把海水镀成一片绚烂的金红。令人奇怪的是，海滩上有两座巍峨的纪念碑、两尊高大的塑像，同样精美庄严，同样目光炯炯凝望大海，走近一看，前面的墓碑上刻着“麦哲伦”，后面的墓碑上刻着“那不那不”。

吴女士从我的眼睛里读出了疑惑，便说：“公元一五二一年麦哲伦为探险而登陆宿务，当地人不肯让他们这些葡萄牙人落脚，于是双方打了一仗，麦哲伦上岸不久就被土王那不那不杀死了！作为举世闻名的航海家的麦哲伦，菲律宾人纪念他。作为保卫故乡的民族英雄的那不那不，菲律宾人也纪念他。”

对于这一历史悲剧——麦哲伦与那不那不孰是孰非，我无法作出评断。然而，想想麦哲伦这位远在十六世纪便勇于横跨大西洋、穿越太平洋环游地球一周，用自己的足迹第一个向全世界证实地球是球体的伟大探险者，为了追求理想，竟然在四十岁这样风华正茂之年惨死于一个默默无闻的土王刀下，一缕孤魂漂泊异邦，成了这天涯海角催人泪下的永恒的风景，不免令人心绪苍凉……如果说“淡雾里”海滩给人以阳光一般妩媚而璀璨的欢乐，而麦哲伦海滩则给人以月光一般神秘凄清的幽思。悲喜交集，现实与历史同在，自然风光与人文历史并存。我想，这大概是麦丹特别富于魅力的原因吧！

我向麦哲伦雕像深深致哀，然后离开这片一位伟人曾经为此流血的地方，沿着滨海小街缓缓离去。

小街上全是售卖各式各样贝雕、椰雕、木雕、牛角雕的摊贩。无数珠贝串成的风铃、手镯、项链和扇贝缀成的灯饰、珠帘、屏风，在落日的余晖里，珠光宝气，流辉溢彩，令人恍若走进阿里巴巴发掘的神仙宝窟。

海风徐来，风铃声声叮当，似留客的呼唤，又似送别的叮咛……

椰影摇曳如我留恋的心，再留恋终须归去！啊，麦哲伦岛之行，美好的游踪充实了我的生命——从此，在我的故乡鼓浪屿蓝蓝的海滨，在郑成功的巍峨铜像下，我会常常、长长地想起你！

一缕剪不断的相思留在遥远的异国——

哦！画中的“淡雾里”！哦，诗中的麦丹！此地为一别，相逢待何年？

辑二　梅花魂

梅花魂

故乡的梅花又开了。

一年一度，那朵朵冷艳、缕缕幽芳的梅花，总让我想起漂泊他乡、葬身异国的外祖父。

算来，自南洋一别，离开外祖父也二十来年了……

一

我出生在东南亚的星岛。回国以前，一直和外祖父住在星洲城直落亚逸街上。我妈是外祖父唯一的女儿，我是外祖父唯一的外孙女。外祖父对我的钟爱，那就别提了！据妈妈说，我三岁时，老人便开始为我积攒嫁妆，有人回中国，便托人捎这捎那，从金玉首饰、文房四宝到苏州刺绣、上海绸缎、景德镇瓷器等等，真是无所不有。

外祖父年轻时读了不少经史诗词，又能书善画，在星岛文坛颇负盛名。我很小的时候，外祖父常常抱着我，坐在梨花木大交椅上，一遍又一遍、不厌其烦地教我读唐诗宋词。每当读到“独在异乡为异客，每逢佳节倍思亲”“春草明年绿，王孙归不归”“自在飞花轻似梦，无边丝雨细如愁”之类的句子，常会有一颗两颗冰凉的泪珠落在我的腮边、手背。这时候，我便会拍着手笑起来：“外公哭了！外公哭了！”老人总是摇摇头，长长地叹一口气，说：“莺儿，你还小呢，不懂！”

那时，外祖父家中有不少古玩，我偶尔摆弄，老人也不甚在意。唯独书房里那一幅老干虬枝的墨梅图，他分外爱惜，家人碰也碰不得。我五岁那年，有一回到书房玩耍，不小心在上面留了个脏手印，外祖父顿时拉下脸来。我有生以来第一次听到他训斥我母亲：“孩子要管教好，这清白的梅花，是能玷污的吗？”训罢，便用刀片轻轻刮去污迹，又用细绸子慢慢抹净。看见慈祥的外祖父大发脾气，我心里又害怕又奇怪：一幅画而已，有什么稀罕的呢？

那时，外祖父刚过七十大寿，却已经侨居海外经商五十来年了。老人究竟有多少财产，妈妈和我都不甚了然。但外祖父有带花园的别墅、私家小汽车，有船头行、“九八”行（贸易货栈）、信局，有一眼望不到头的橡胶园。这些，我是知道的。到了我记事时，外祖父已经是当地商界屈指可数的佼佼者了。

外祖父虽出国多年，可每逢农历除夕，都要郑重其事地朝北祭祀祖宗。放祭品的中案桌上，也总有一大束梅花，插在青花大瓷瓶里，据说那梅花是由国内空运过去的。这时候，外祖父往往要跟我们说起中国的亲朋故旧、山川人情。说着说着，他常常会忽然噤声，背剪着手，踱进房间，以至终日戚戚，不发一言。我也闹不明白：这样好的家境，老人愁什么呢？妈妈对我提过，在中国老家，外祖父田无一垄，地无一寸，只有一间破瓦房，要不，他怎会漂洋渡海，远离家乡？但是，外祖父为什么还日夜思念中国呢？

二

有一天，母亲忽然跟我说：“莺儿，我们要回中国去！”

“干吗要回去呢？”

“那儿才是我们的祖国呀!”

哦！祖国，那就是地图上屹立东方、拥有广袤土地的文明古国吗?那就是拥有长江、黄河、万里长城，还有天堂一般的苏杭，还有住着我的亲奶奶的白鹭之乡的国土吗?

我欢呼起来！小小的心充满了欢乐。

可是，我马上想起了外祖父，我亲爱的外祖父。我问母亲：“外公走吗?”

“外公年纪太大了……”

“外公让我们走吗?”

妈妈背过脸去，没作声……

我跑进外祖父的书房，看见老人正躺在藤椅上。我说：“外公，您也回祖国去吧?!”

想不到外祖父竟像小孩子一样，呜呜地哭了起来……

离别的前一天早上，外祖父早早地起了床，把我叫到书房里，郑重地递给我一卷白杭绸包着的东西。我打开一看，原来是那幅墨梅图，就说：“外公，这不是您最宝贵的画吗?”

“是啊，莺儿，你要好好保存！这梅花，是我们中国最有名的花。旁的花，大抵是春暖才开花。她却不一样，愈是寒冷，愈是风欺雪压，花开得愈精神，愈秀气。她是最有品格、有灵魂、有骨气的！几千年来，我们中华民族出了许多有气节的人物，他们不管历经多少磨难，不管受到怎样的欺凌，从来都是顶天立地，从来不肯低头折节。他们就像这梅花一样。一个中国人，无论在怎样的境遇里，总要有梅花的秉性才好!”

停了一会儿，老人又说：“中国解放了，我却垂垂老矣！回国回乡的心愿，只能让你们去完成了！莺儿，将来长大了，第一要读好书，报效国家；第二要孝顺你妈。这是我们国人的忠孝之道，你要记住!”

我忙点头，怕老人又哭。

回国的那一天正是元旦，虽然热带是无所谓隆冬的，但毕竟腊月天气，也凉飕飕的。外祖父把我们送到码头，妈妈抽泣着。我拉住外祖父的手，大声地哭着。外祖父俯下身来，给我披了件法兰绒外套，不知说了句什么，大概是想安慰我，无声的泪，却顺着两颊的皱纹，弯弯曲曲地流下来……赤道上的风，撩乱了老人平日梳理得整整齐齐的银发，我觉得外祖父一下子衰老了许多……

船快开了，母亲只好狠下心来，拉着我登上大客轮。想不到眼含泪水的外祖父也随着上了船，递给我一块手绢——一张雪白的细亚麻布，绣着血色梅花……

当年的我，还过于稚嫩，并不懂得，我带走的，岂止是我慈爱的外祖父珍藏的一幅丹青、几朵血梅？我带走的，是身在异国的华侨老人一颗眷恋祖国的赤子心啊！

三

七天七夜的航行，“万福顺”号穿过了深邃辽阔的太平洋。我和妈妈终于回到了日夜向往的祖国，回到了厦门——我可爱的故乡！

在祖国的怀抱里，我完成了高等教育。上学期间，外祖父一直从经济上支持我。十来年间，老人来信时常要提起：“莺儿，待你学有所成，一定前来接我归去！”

可是，天不从人愿。我上大学三年级时，一个冬日午后，一封加急电报，带来外祖父离开人间的噩耗——真没想到，昔日星岛码头一别，竟成永诀！重洋万里，冥路茫茫，妈妈和我，真是悲恸欲绝！

接到电报数日后，海外的舅舅寄来了《南洋商报》《星洲日报》等好几种报纸。这些报纸都登有讣告，还发表了南洋商界、学界悼念外祖父的文章，表彰外祖父这位“南洋商界巨子、文坛将星、知名爱国华侨”抗日战争时期为祖国热心捐款，新中国成立后为发展家乡教育、卫生事业，不惜慷慨解囊，等等，并盛赞老人热爱祖国文明，宣扬民族文化，高风亮节有如寒梅修竹……这时候，外祖父生前的许多公益善举和爱国情操，我才陆续了解。

我回国后，家乡面貌日新月异，祖国也已经把我培育成才。可是，老人却无福目睹他朝思暮想的故国风采，无缘再见他视为掌上明珠的外孙女儿……生离死别，叫人怎能不哀伤？老人逝后次年初春，我在老家的山坡上，种下了两株梅树，一株蜡梅，一株红梅……我想，倘若老人泉下有知，魂兮归来，一定会高兴的。而我，也可借此聊寄哀思了！

四

我大学毕业之后，赶上十年浩劫，从风光绮丽的南国海滨被分配到了遥远的太行山。离家前夕，妈妈把外祖父的那幅墨梅图用塑料薄膜包好，装进我的行囊……

梅花，坚贞的梅花，伴我走上了真正的人生。

到了太行山，我先在一所专区师范任教。那是中国大地惨遇浩劫的年代，我执教不久，便与学校同人一起被下放到山区劳动改造去了。

在太行深山里，我孑然一身，举目无亲。和当地山民一样，我睡土窑，喝雪水，吃玉米疙瘩和糠窝窝。我患了胃溃疡，时时疼得冒冷汗，浑身长虱子，常常整夜睡不着。在滴水成冰的日子里，我跟着男社员上山开“大寨田”，粗重的锄头敲在坚硬的冻土上，我细嫩的虎口震裂了。在大雪封门的深夜，饥饿的野狼、豹子拼命拱着我简陋的窑门……

那里，和星岛自然无法相提并论，就是和故乡厦门相比，我也仿佛到了另一世界。春花秋月，转眼五年过去了。生活的艰难还在其次，难道，十七年寒窗勤学苦读得来的知识，除了埋入荒山，竟毫无用场？多少个朝霞如花的黎明，多少个夕阳似血的黄昏，我痛苦地思索着：前程在哪里？希望在哪里？

侨居海外的老父，担心爱女受苦，一封封滴着清泪的信笺，催我出国；星岛的舅妈、巴黎的表姐、澳大利亚的表哥，一个个轮番来信开导我："你何必过于执着？还是到我们这儿来吧！"

可是，我总觉得，祖国像母亲。她，用智慧的乳汁把我哺育长大。在母亲危难之秋，我怎忍心掉头而去？

在愁肠百结的太行岁月里，在艰辛跋涉的人生路上，我常常悄悄地打开那一幅外祖父留给我的墨梅。她的冰雪清姿，她的凛然正气，像火，给了我温暖；像血，给了我活力。我也常常想起老人的临别赠言：

一个中国人，无论在怎样的境遇里，总要有梅花的秉性才好！

是啊，在生活的风霜里，我不也应该做一朵梅花吗？

在那些乌云压顶的日月里，每一回海外来鸿，我都哭了。但摩天大厦、香槟、高级"的士"毕竟吸引不了我。我离不开自己的祖国哪！我终于在祖国的土地上，站稳了自己的脚跟！

今天，早已严冰化春水的祖国的今天，我调回了海上花园厦门，成了一名新闻记者。祖国和人民，给我重任，也给我奖励。海内外亲友，都祝贺我；外祖父在天之灵，当也感到欣慰……

我仍珍存着外祖父心爱的墨梅——她浸透了几代海外赤子对祖国圣洁的爱；她在祖国苦难的时光，给了我不寻常的温暖和可贵的信念！

故乡的梅花又盛开了，明如烛，灿如霞……

梅花，美丽的赤子之魂啊！

竹叶三君

旧友竹叶三君，多年久违了。可是，他的影子，却仍时时浮上我的心头。

其实，他是极平凡的一个人，木讷讷的，既不风流倜傥，也不善于周旋。我们之间，也只是一般同事而已。

十年前，我到闽南T县教育局奉职。局里的宿舍楼尚未盖起，总务安排我到一所小学去寄宿。

那小学校是旧时的孔庙，我的住处在大殿西厢，用杉皮钉起的一溜房子的头一间。大小不到六平方米，放得一床一桌罢了。逼仄倒无所谓，只是满眼蛛丝，房与房之间，仅用黄泥土坯垒起不足两米的胸墙。这些房子太古旧，没有什么人愿意住，也不敢住。

一个年轻女子住在那样荒凉破败的古庙里，实在不是滋味，可当时单位也确实有困难，我二话没说，认真收拾一番，买了一把大铁锁，便搬了进去。住了几天，倒也习惯下来。可喜的是门外那一棵红石榴，正在开花时候，坐在房内书桌前，伸手便可折到偎在木窗棂上火红的榴花。就是四周过于寂静，尤其是在夜里。有一天晚上，忽然看见隔房有灯光，却无声息，不知有人无人，是男是女。一夜惴惴，不敢入寐。

次日上班，问同事，同事们全乐了，指着紧挨墙角伏案办公的一位同志告诉我：“俗话说，卜居先卜邻。你还不知道这位夫子是你的芳邻呀？对了，他下乡好些天，昨晚刚回来……”

原来是S君！这是全局有名的“老夫子”。他年纪并不大，当时不过三十三四，一九六五年大学毕业的，写得一手活泼文章。只是为人古板，按部就班，话极少，不苟言笑。S君住在岳母家，房子太挤，要了庙里一间小房当宿舍。当时，尽管大家乐个不停，他仍低眉顺眼地看他手中的材料，头也不抬一下。

知道有近邻，到了夜间，胆子便壮了好些。只是男女有别，加上S君生性孤僻，彼此见面，有时连点头也免了。

夏末秋初的一个夜晚，月儿照在屋梁上，小老鼠吱吱地叫着。我在灯下看书，远远地，有甜腻的男子歌声传来：“半个月亮爬上来，依拉拉，照着我的姑娘梳妆台，依拉拉……”

这时候，我听见S君起来开了大门出去。过了好一会儿，便站在石榴树下喊我：“小陈，要有什么响动，你睡你的，别作声！”

我漫应了一句，便熄灯上床。半夜醒来，见S君房里还亮着灯光。

我不明白，不哼不哈的S君，葫芦里卖什么药。

过了许久，我才知道，当时这大庙里，时常有外地流氓、本地泼皮前来作案。S君暗中悄悄地关照着我呢！

S君负责局里的秘书工作，大小总结、汇报材料、领导的报告稿之类的，都是他一手写的。全县中学文科的教研工作，他也得抓。那年秋天，学校开学的时候，局长拍了拍S君的肩膀，笑呵呵地对我说：“让他带你跑跑下边的公社中学吧。他来的时间长，比你熟悉。”

S君不会骑自行车，和他一块儿下乡，只好跑路，我心里暗暗叫苦——每天出门，来回四五十里地，走路辛苦还在其次，和这样一位闷嘴葫芦在一起，多难受呀！

没想到，几回同行，却改变了我对S君的看法——一路上，S君总是主动向我介绍每一所中学、每一个初中点的学校布局、教职员人数、课程安排、教学情况、升学率等等，娓娓谈来，如数家珍。和平日守口如瓶的S君相比，真是判若两人了。我们边说着话儿，边观赏乡野秋色，倒也不觉得累。S君挺细致，走上十里八里，便找个开阔干净处，自己先坐下来，然后招呼我："停停再走!"有时还穿插几句乡里见闻什么的，调节一下精神。往往他自己不动声色，我却笑得前仰后合。

有了S君的引导，我很快地熟悉了我的工作对象和工作内容。

有一次，在S君帮我设计了一次全县中学语文教学观摩会之后，我忍不住对他说："S老师，你是冷面热心肠。咱们若是能够长久共事，可就好了!"

他淡淡一笑："你来了，我也就该走了!"

"为什么?"

"我……出身不好，在县革委机关不合适，还是下基层好。"

"谁说的?"我瞪大了眼睛。

他摇了摇头。

"那么，我是你的取代者了！你干吗还那么认真教我、帮我?"

"这是两码事——怎么能因为个人得失，去影响工作呢?"

他仍然是淡淡一笑。

S君身体单薄，他的在城郊当小学教员的妻子又病着，一对幼小的儿女没人照料，他完全可以请假在家的；况且，如果真的要他离开局里，他更可以不必这样奔波了。可是，S君仿佛从来没考虑过这些，每日如行星一般运转。

八月中秋，S君从梵天山归来，兴冲冲地抱回一大把桂花，在路口遇上我，便递给我几枝："好香！拿回去用水养着。"

是夜，S君竟携了弱妻幼子，一起上我的蜗居来做客——我们虽比邻而居，却从不互相串门。

“稀罕！S老师今天一定有什么喜庆事?”我愉快地招呼S君一家。

“没什么！过两天我到美峰中学报到去。同事半年多了，走前大家叙谈叙谈。”

S君依旧淡淡一笑。

S君要走，在意料之中；但走得这么快，却是意外。我的心情，立时黯淡下来。我没有支配人事的权力，挽留的话，说也白搭；安慰几句话——一样是工作，无非位置不同，S君泰然自若，我说什么，都显得多余。可是，想到这样一位良师益友，猝然分手，令人何等惆怅！再想想他们夫妇俩体弱多病，S君工作又拼命，在乡下，生活、医疗条件都比城里差，日后自有许多艰难，心里更添几分酸楚。半天，我说不出一句话。

S君却比平日健谈，见我以手托颐，沉默不语，便说：“今后，工作中有什么地方需要我协助，给我写个信，我还来。”

“你一走，那些文字工作，还有十来个中学，百来个初中点，我一个人怎么挑得起来?”

“你看这桂子，花有芳香而无美色；那窗外的石榴，花有美色却无芳香。你我也一样，各有所长，各有所短。担子重，可以锻炼你的能力，发挥你的长处。”

S君的话固然没错，可我心里总觉得戚戚然，信口问道：“全家都走？淑芳姐也调去?”

“是的!”

我知道S君去意已决，便不再多说。倒是他的妻子殷殷地嘱了我有关人情世故、起居寒暖等许多话。

过二日，S君办了手续，把家先搬往乡下，然后找我移交工作。

S君离开县城那一天，正是重九。家属走了，他单身一人，便不乘车，步行着去。我们几位同事送他，一路走着，仿佛远足一般，山路两旁，一片枫树红艳照人。S君摘了一片枫叶给我："霜叶红于二月花呀，小陈!"

那时，S君正在英华有为之年，用枫叶比拟他自然不妥。可是，我却觉得，S君的性格虽落落寡合，淡泊如水，可他的工作精神，如榴花一般热情喷薄。他的待人，如丹桂一般馥郁温馨；他的深心里，自有枫叶一般的气质，风风雨雨，安之若素，不争春荣，笑迎秋霜……

后来，由于工作需要，我也离开了T县教育局，远去A市。临走前，专程去了一趟美峰中学，可惜学生说："S老师上白云大队家访去了!"

淑芳姐不知上哪儿，也没见上。以后一晃八年，彼此并无通信，情形便一无所知了。

不久前，有T县旧友来A市。陪他去海滨游览的路上，我迫不及待地打听S君近况。

"S老师？哦，'老夫子'！T县的状元教师哟——美峰年年高考夺魁！去年春上提起来当教育局局长，又是县台湾同胞联谊会副主任……有四十二三了吧？终日陀螺一般地转。也怪，比当年咱们同事时，还显得年轻!"

T县友人啧啧连声。我的眼前，清晰地映现了S君清癯的形容；映现出S君曾经抄赠我的两句白香山诗："试玉要烧三日满，辨材须待七年期"；映现出与S君分手时那一派灿烂如画的枫林，那一枚明艳如火的枫叶……

我轻轻地吁了一口气，心境顿时如大海一般宽舒。

望着水天一色的远方，我对T县友人说："海阔凭鱼跃，天高任鸟飞哪!"

友人心领神会，颔首微笑。

S君曾于隆冬风雨夕，与我们二三友人作联对游戏。一友出旧对：“虎行雪地梅花五。”我对曰：“鹤立霜天竹叶三。”S君以为对得有趣，又道竹质实心虚，是林中谦谦君子，从此便以“竹叶三”为号。笔者是以称之“竹叶三君”！

旧　　邻

原先，我与孙煌对楼而居。两楼之间，仅隔着一条一米左右、伸手可以相握的小弄堂。我们的窗口，咫尺相对，彼此房内，一目了然。窗帘，是两户人家唯一的屏障。

我刚搬来那会儿，与孙家并不熟悉，只是彼此正好都拉开窗帘时，可以望见他家里走动着一对中年夫妇、两个女孩而已，姓甚名谁，全然不知，偶尔目光相遇了，不过是淡淡一笑，算是打招呼。

有一回在报社，美术组的老吴拿了几幅石刻版画给我制版，有羊蹄甲、相思树、日光岩、古炮台等等，那刀功、那气韵，于盈寸之间，发挥得淋漓尽致，叫人好不欢喜。正欣赏着，门外走进一位潇洒魁梧、仪表堂堂的男子，老吴忙介绍："说曹操，曹操就到。这位便是鼎鼎大名的版画家孙煌先生，你手上这一组作品的作者就是他！"

他低头，我抬头，相对一看，不禁都笑了起来。

就这样，两位邻居，第一次真正相识！

一回，他有事上我们这一栋楼来，顺便踱进我家，前后左右浏览一番，说："我真替你发愁，三代五口共此斗室，够饱和的了！加上人来人往，终日如蜂巢一般，怎么写作？"

"只有深夜……"我回答。

是呵，每当深夜，两座大楼里的男男女女都已进入梦乡，而我们两家窗前，却总有一朵晕黄的光焰，盛夏里诱着灯蛾，严冬里驱着寒意……

我们居室四周，热闹有如市场：三班倒的职工进进出出；楼下有食堂传出烧、煎、煮、炒、洗菜、泼水之声；磨刀人、锯木匠所发之声，收买旧报纸、破铜烂铁的小贩形形色色的吆喝声，从早到晚不断；楼上，时有歇斯底里的高声谩骂……

在这样的环境里，每日每夜，他雕刻着、我涂写着，各自努力摆脱众声相扰的现实，为了心中善的世界、美的精灵。

我们都忙，为邻七载，还是为了陪伴一位画家我才到过他家一次。

他的府上也不宽敞，与画家盛名实难相称，但粉墙上吴作人、李可染、黄永玉诸大名家的手笔，一进屋便给人留下了艺术感。上千斤的寿山石和一橱橱的作品、卡片，占据了主人的大半个房间。原来，他的那些远渡重洋、流传国外的佳作，“产床”就在这儿……

于是，对于这位芳邻，我的心中自然有了一种敬意。后来，经常想再去拜访，接受一点儿艺术的熏陶，终因穷忙，一直耽搁下来。

但见面的机会，毕竟是有的：虫声唧唧的夏夜，艰辛的笔耕之余，偶尔撩开窗帘，享受一下小巷来风，正好赶上他也掀帘临窗，这时，大家便会互相点头致意；有时，街头巧遇，相互道声：“您好！”然后，他说，看到我的文章发在哪里哪里；我也说，看到他的力作刊在哪里哪里，彼此似乎都有些观感要谈，但各自有事在身，加上行人如潮的大街，也不是探讨艺术的地方，只好三言两语，匆匆分别；有时是远客来访，找错了门，问到他头上，他便会打开窗扇，探出头来：“小陈，有客！”于是，一声“谢谢”之后，便又久违。

各人埋头于事业，相逢的机会总是不多。虽然，时时可闻斧凿解石之声，夜夜可见窗上浓浓剪影，言笑在耳，形影可及，交往呢，却似近还远，似亲还疏。

我喜欢他的石刻艺术，只是并非深交，也就不便索求。一日，听得对邻“依呀”一声：“小陈，开窗！”

我推开窗叶，只见塑料绳系着一个小纸包，吊在一根短短的竹竿上，从对窗伸进我家。我解开一看，一方寿山石印，端庄洒脱的篆书刻着我的名字。我自然视为珍宝，从此，这枚石章便出现在我的每一本新书上。

几年间，我也出版了几本小书，总想取一册赠送给这位近邻，除了请教，也是“投桃报李”之意，无奈老是自惭浅陋，羞于示人，至今不曾送去。

在旁人眼里，我们这两户人家，彼此既无求于对方，又无利害相关，谁的存在与消失，与另一方，大概是毫不相干的。

岁月如流水，多少年过去，我搬离了旧址。

莫非人都有怀旧病？未迁居时，我曾经朝思暮想，渴望着早日结束那黑暗、嘈杂、三代同堂的蜗居生涯。待到经历了无数艰难，终于从两堵城墙的夹缝中解放出来，拥有了一方明净的小天地，心却怅怅然若有所失起来……

虽然，如今窗前有了阳光，窗外有了绿树，喧嚣之声离我家远去，黎明时分，间或还有小鸟嘤嘤啼唤，但邻家那亲切悦耳的斧凿叮叮，那漫漫长夜熟稔的灯花灿灿，却从此在我的视听里消失……

我曾几次想去探望我的旧邻。因为忙，至今未去；他也几次说过要来看看我的新居，同样是因为忙，至今没来。

如水之交，却难相忘……

古老的月亮

月圆了，我又想起了太行山，想起了他和她，还有那一轮凄楚的、古老的月亮……

我大学毕业的时候，正遇上十年浩劫。那时，“臭老九”都得“脱胎换骨”，于是，走出校门不到一年，便被万里迢迢地发落到太行山青柏村去劳动改造。

山中不记年。黄土荒山，风雪寒窑，日出而作，日没而息，时光如水流逝。锄头要拿多久？前程在哪儿？一切飘渺如烟。

当时我还非常年轻，平生第一次远离家门，面对茫茫太行群山，我时时思念家，思念妈妈，思念南方故乡美丽的山水……在静静的夜里，每当喧嚣的山风伴着凄厉的狐啼狼啸，时断时续地叩动我的柴扉，串串清泪，常常不由自主地滴落枕畔。

但朴实的山民，手把手教我生火炕、擀榆皮面、做糠窝窝、纳千层底布鞋，手把手教我栽瓜点豆、春播秋收……在日复一日的艰辛的劳作里，我逐渐体味到了太行山淳厚的人情。

热血方刚的我，多想为这一片在苦难的年头里容我寄足、给我温暖的土地做一点什么，以报答这片土地待我的一片深情。

那时当地的文化教育十分落后，方圆几十里只有一所民办小学。不少由京、津来插队落户的知识青年以及本地回乡“知青”，每天上山劳动回来，便喝酒、“乱弹琴”（谈情）或放倒头睡大觉。那是一群聪明活泼、正当人生早春的小青年，可惜生不逢时，失去了求知的机会。我在哀悼自己十余载寒窗付诸东流的同时，也深深同情他们失学的不幸。

于是，我白天上山干活，夜里便领着小青年们办夜校。我拿自己的土窑当教室，用自己菲薄的薪水买黑板、纸、笔，并亲自担任教师。每天晚饭后，那一群十七八岁的男女“知青”们，便齐刷刷地来到我的窑洞里，学语文、学数学、学外语……偶尔也举办晚会，唱歌、朗诵诗、说相声……从此，村庄里有了书声、歌声；从此，我和他们，亲人般地相依为命。

这群年轻人里，有一位 1966 年高中毕业后从北京回原籍插队的“知青”，名叫程云。程云那年刚满二十一，可两年前一落足太行，因为是孤儿，乡亲叔伯便为他操办了婚事。我进青柏村时，他已娶妻生子了。

程云自打回乡后，天天下地。但白面书生，细手嫩脚，所挣工分实在少得可怜。妻子玉莲是大队团支部书记，常常外出开会，但队里的误工补贴也有限，两口子加上一个不满周岁的小孩，日子过得并不轻松。程云每日干完农活回家，除了抱小孩、理家务，还得在墙边地角种菜养鸡补贴家用，一年四季，忙得四脚朝天。

生活虽然劳碌而艰难，程云却嗜书如命。自夜校开办以来，每到夜晚，他总是捧着大海碗，坐在旮旯里，边喝棒子面，边听我讲课，春夏秋冬，风雨无阻。

进太行时，我从家里带去了一些古今中外文学著作。每天中午大伙儿下工回家，都要经过我窑前。程云常常推门进来，向我借上一两本书。他说，在我的“藏书”里，他最喜欢那一部北京大学编的《中国文学史》。

也许是来自北京，也许是年纪略大，程云比其他小青年成熟、深沉，又特别喜欢文学，因此，和我的共同语言也就更多些。那时候，他正在构思一部描写太行山区抗日斗争的小说，我极力撺掇他动笔写下来，他果然陆续写出了若干章节，誊在一个黑乎乎的大队旧账本上，让我当第一读者。

队上的“知青”都叫我“大姐”，只有程云喊我“小陈”。其实我和程云同年，还大他两个月，也许他自以为已成家立业，有资格拿“大”。

那时，山外正在大张旗鼓地鼓吹“知识越多越反动”，而我们这一伙青年人，却躲在山窝窝里悄悄地背唐诗，读“三国”，朗读普希金、拜伦的著作……书中的世界给我们这群背井离乡、远走他乡的游子带来了快乐和安慰。

然而，不论是我们还是“知青”们，都没有扎根太行的思想准备。我们是一群候鸟，只要春天降临，我们就要起飞……

所有年轻的心，都渴望飞翔，虽然前途一片渺茫。只有程云，默默无声，因为他已“扎根”，鸟儿已被剪断了翅膀。

“小陈，要是你能永远留在这儿，那该多好……当然，这只能是我的梦想！”在山间挥锄劳作时，在深夜夜校放学后，程云曾不止一次对我这样说，说罢，神色总是黯然。

我深深理解在那文化饥荒的年代，在那野僻荒凉的太行山，程云对我的眷眷之心，无疑是对知识、对精神文明的一种依恋。但我能回答什么呢？许愿是不现实的。我只能悄悄对自己说，只要在太行山一天，就多留一点汗，可别辜负了太行人！

每晚上课，程云总穿一件洗得发白、袖口下襟全毛了边的蓝卡其布中山装上衣，一条补丁摞补丁的灰布长裤，一双旧千层底黑布鞋，冬天加一件磨光了羊毛的老皮袄，和其他每月有家长汇款支援的城市“知青”相比，要显得寒碜落拓多了。有时大伙儿会拿他开玩笑，说他讨了老婆的比没讨老婆的更惨，不如把老婆“下放”了。他听了，啥话也不说，照旧乐呵呵地喝他的棒子面，啃他的书。

转眼一年过去。一个春天的夜晚，破天荒第一次不见程云的踪影。大家觉得纳闷，都说怕是生病了。我住山北尽头，他住山南尽头，相隔五六里地，一时也难问讯。

第二天夜里，程云如同往常一样，头一个来报到。我问他昨夜怎么没来，是否病了。他眼眶有些发红，却一言不发。一会儿大伙儿来了，七嘴八舌地盘问，他也不说什么，只管低头看书。

过后我才知道，他那刚满周岁的小儿子得了猩红热，没钱送县医院，夭折了。我打心眼里替他伤心，他自己还是个大孩子，怎能经受这般沉重的打击？

那两天，我一再对他说："程云，这几夜你别来了。没心没绪的，来了也不顶事！"

"我常常想，有一天，气候一变，你总得走，浅水养不了大鱼……你在一天，我就得抓住一天，你走了，我跟谁学？"

我听了，好不心酸。在那连人生基本温饱都无法保证的岁月，在那常有突如其来的横祸压得人们直不起腰来的时代，这样一位质朴、刚强、好学的青年，他的心真像金子一样可贵。每当夜深人静之际，我送他最后一个离开"教室"，心里总这么想：苦难的中国，尽管眼前天昏地暗，但只要有程云这些人存在，未来就有希望……他那苦学力文的精神，无形中，也增添了我生活的勇气。

于是，我倾己所学，传给程云。不到两年间，他就把我的大学各科讲义全认认真真读了一遍，那部长篇小说，也写出了一大半……

有一年年关，外地的"知青"都回家过春节去了，只剩下程云一人，他依然每夜上我的窑里来。这时，他的小说，已初具规模，他希望我帮他修改、润色。我们两人便一章一节地讨论着——那时候，不论他或我，谁也不曾想过，写这么几十万字的小说，有什么用？写完了，有谁给发表?

太行山的冬天，大雪拥门，北风像鞭子似的抽人。屋子里，烧麦草的土炕，不多会儿便凉飕飕的了。在那样荒寂苦寒的夜晚，没有悬梁刺股、囊萤映雪的毅力，是难以坚持读书和写作的。有时我也深感疲累，但程云的恒心使我感动，使我不忍将他拒之门外。

有一夜，刚过九点，我依稀听到门外有声响——是谁踩着雪地咔嚓咔嚓地响……

“莫不是有人来了?”我边自言自语，边准备开门。

程云说：“黑灯瞎火的，家家户户早睡到爪哇国去了！还不是黄鼠狼出来偷鸡!”

我再侧耳听听，果然没有动静，便又讨论起小说来了。

又过了几天，正是元宵。程云早早吃了夜饭，给我送来了几张玉米面煎饼，顾不得闲话，便开始了我们的工作。那一夜，我们为小说中的一个主要人物——究竟把他处理成被日本鬼子打死了好呢还是让他活下来好辩论不休。我主张“死”，他主张“活”，两人各据一端，争得脸红脖子粗。忽然，有一股寒气，针也似的直往后脖子扎，回头一看，窗纸被谁舔破了一个洞，冷风正不断朝里灌。

我好生奇怪：院门敞开着，村上净是熟人，谁要有事找我，尽可进窑来，干吗要闹这偷偷摸摸的勾当呢?我一把撩起棉门帘，走出窑外，只见一轮皓月，高悬太行之巅，清光如水，映着满地积雪，亮晃晃如同白昼。四野俱寂，只有朔风偶尔吹起枣树身上的落雪，发出轻微的沙沙声。

这时，程云也出来了，嚷嚷着：“敢情是外村来的流氓，我去看看!”

我们一起走出院子，边喊抓贼边东张西望。突然——套用一句武侠小说术语“说时迟，那时快”，只见院墙下闯出一个女人，甩着两条长辫子，飞也似的朝山南跑去。我和程云，同时“啊”了一声。

全村的姑娘、媳妇里，数玉莲的辫子最长。沉默片刻，我忐忑不安地对程云说：“看那身衣服和一对长辫子，像是你家玉莲？”

程云的视力比我强，肯定也看出来了，却不开口，只是叹了一口气，低头走回窑洞，拿了书稿、钢笔，说了声：“明儿见！”转身出院门去了……

我一夜心里打小鼓，怎么也弄不明白为什么玉莲过我家门而不入。

其实，我认识玉莲比程云还早。三年前，我进青柏村那一天，就是她到村口接我的……她长我三岁，几年间，待我就像一位老大姐，逢年过节，夏天送篮豆荚黄瓜，冬天送碗榆皮饸饹小米粉团，那是常有的事。她的手工好，遇上农闲，有时还替我纳上对新布鞋……可这一阵子，我隐隐约约觉得玉莲有些变化，几回在田头城角遇到她，总是草草点头就走开了，不像从前见了面家长里短一拉呱就是半天。我只当她小宝贝刚不幸病殁，心情不好，也没往心里去。谁知她竟一反常态，这样鬼鬼祟祟，不能不叫人满腹疑团……

正月十六晚上，程云没有来。

我从月儿露脸直等到月上中天，始终不见人影。

次日，队里出牛圈，派了我的工，我早早提了铁锨出门去。过村口，远远看见玉莲挑着篓筐走来，我忙打招呼：“玉莲，上哪儿去？”

玉莲讪讪地胡乱应了一声，扭身走了。

一会儿，程云也来挑牛粪，我忍不住问道：“你昨夜为啥没来？”

他一听，脸霎时红了，却没吱声。

我好纳闷，心想：该不是家里又出了什么事？两口子守口如瓶，外人也不便多问。

程云再也没来找我。

转眼过了二月二，回家探亲的京津“知青”都返山里来了。我的小黑窑又热闹起来。可惜缺了程云，心里总不免有惆怅。

一天中午，天津姑娘刘晓上我窑里来补衣裳，我们天南地北地穷聊。说着说着，我又提起程云，刘晓一听，吼道："大姐，你还蒙在鼓里呢。程云为什么不来——人家玉莲不放心她男人上你这儿呀！笑话，她那程云是嘛人？你大姐是嘛人？还吃飞醋哩！"

刘晓是位心直口快的女孩子，说话刀切菜似的。她一向"崇拜"我，说到玉莲误解我，她真是一腔怒火，义愤填膺。

我听了，愣了半晌——玉莲吃飞醋，我怎么从来不曾往这方面想？刹那间，我完全明白了元宵夜玉莲窥窗的意图了！顿时，一种受侮辱的感觉，荆棘似的塞满我的心房，眼泪，不由自主夺眶而出。

过后，我想了又想，觉得也不能全怪玉莲——在这穷乡僻壤的太行深山里，山民们的物质和精神都极其贫困，岁岁年年，他们除了生儿育女，劳作奔波，此外的人生乐趣委实少得可怜。生活太枯燥了，形形色色的风流韵事，也就层出不穷。村里人并不当回事儿，他们认定男人和女人到了一块儿，除了搞相好，还能干什么？因此，对于程云对于我，玉莲不理解，那是可以体谅的。

但我的心里却充满了悲哀——一种空落落的广漠的悲哀。在那人妖颠倒、黑白莫辨的年头，我原以为太行山是一片难得的世外桃源，没有山外恐怖的腥风血雨，没有人世卑琐的攻击猜忌。于是，我把我纯洁的热情和晶莹的汗滴，兢兢业业地奉献给这一方土地。我深情地希望这一角贫瘠的文化沙漠，能在凄风苦雨中孕育出一芽两芽新绿……然而，天涯何处有净土？我犹豫不已，明朗的心蒙上阴霾。艰难困苦的环境不曾压倒过我，可理想的追求换来的只是苦涩的泪水……

又经历了多少回月盈月蚀。有一天，我终于离开了太行山。

那是一个晴朗的夏天晚上，为了赶上第二天清晨的火车，村上的"知青"们开来拖拉机连夜载我进城。

那一夜，月儿好亮好亮，满山桃呀杏呀酸枣呀，全浸在一片水银似的月光里。送行的人真多，男女“知青”们都伴我进城，那就不用说了；村里的大嫂子、小媳妇、姑娘、小娃儿、老大娘、老爷儿、小伙子、大伯、大叔，也满登登地站了一山坡。有千言万语的叮咛，有牵衣顿足的痛哭……那情景，真叫人毕生难忘！我的心里百感交集，说不清为什么在这告别了六载太行风霜即将万里还乡之时，心头竟怅惘如同当年远离家门只身北上……

我望一眼再望一眼多少年来朝夕真诚相待的乡亲们，我望一眼再望一眼巍巍太行波澜起伏、莽莽苍苍的千山万壑，心里充满了诉说不尽的缠绵和眷念……

在依依惜别的人群里，我觉得似乎少了谁。哦，我想起来了——程云，难道你不知道我就要走了？难道你真不敢来为我送行？

拖拉机已呼哧呼哧地宣告启程。忽然，从山那边跑来了一个女人，甩着长辫子，气喘吁吁地递给我一双崭新的黑贡呢方口鞋。

“啊，玉莲！”我积累多时的眼泪，一下如雨珠扑簌簌滚落。

“刚听说你要回南方，来迟了……我那口子在后面，就到……”玉莲哽咽着，“小陈，几时，你再来太行山？”

我迅速地打开我那简单的行李，取下一部《中国文学史》、一条雪青色的尼龙纱巾，交给玉莲：“你们两口子留个纪念吧！”

程云不如玉莲跑得快，等他赶到村口，拖拉机已顺着慢坡一溜烟开走。

在暗蓝的天幕下，在皎洁的月光里，我只能远远地、远远地望见山顶上一对银色的剪影，举着书，晃着纱巾……

路漫漫，我望一眼再望一眼青柏村的窑洞呀，旱井呀，弯弯曲曲的山道呀，年深月久的磨盘呀；我望一眼再望一眼太行山头那一片忧郁的、古老的、永恒的月光……我的泪水，像小河一样，漫进了黄土高原上的坡坡坎坎。

永难相忘，那一片孕育我的青春，也埋葬我的青春的山山水水；永难相忘，那一轮质朴的混沌的，令人心酸也诱人相思的太行山月！

岁月之川又流走了无数个月亮。世界已经发生了巨大的变化，新月总是取代残月。然而，每当月夜，我的心头，总会浮起太行山，浮起太行山间那一轮永不流逝的古老的月亮……

芳草天涯

不论地角天涯，都有我亲爱的同行。我常常想起他们——即使到了白发苍苍，也不会遗忘……

关于同行的故事，如萋萋芳草，在我心底，汇成春天，这里，不过是撷取绿叶几片……

一

独自徘徊在北京机场，我的心忐忑不安——

航程的终点站是长春，首都到那儿，没有直接的航班，必须在沈阳中转。领导交给的任务挺急——务必在第二天赶赴目的地。可陌生的大东北，我是首次前往，而且，没有一个熟人。到沈阳，投宿何方？谁帮我购买飞往长春的机票？

前路茫茫，心里好不烦恼。

忽然，我灵机一动，何不请《人民日报》的朋友老秦帮帮忙，让他给《沈阳日报》挂个电话？我急匆匆拿起候机室的电话，拨通了《人民日报》总机……

分机响了三次，没人来接。

“老秦不在！”总机里传来了非常年轻的女高音。

我重重地叹了一口气，手里的电话却不甘心搁下。

“听你的口音，准是外地人！碰上什么急事了？”总机那位女接线员亲切地询问我。

“我是《厦门日报》的编辑，出差到东北去……”我把我的苦恼以及打算求助于老秦的事，一股脑儿告诉她。末了，仍是叹息：“既然老秦不在，就算了！”

想不到，我话音未落，这位只闻声未见面的姑娘，却爽快地说：“您尽管上飞机吧，这事我来办！”

“真谢谢您！请问贵姓大名？”我喜出望外。

“谢啥呀，同行嘛！”她笑了，却不肯留名。

带着欣慰的心情登机，然而，我心里依旧忐忑不安——这位姑娘和我素昧平生，凭什么帮我？即使她真心帮我，北京飞沈阳不过个把钟头，时间这么短促，与《沈阳日报》能联系得上吗？即使联系上了，今天是星期日，大家都休息，谁肯来接我？更糟糕的是——我好糊涂，连姓名都没告诉那位女接线员，就是有人来接，茫茫人海，人家怎么寻找？

容不得我再胡思乱想，飞机已降落在沈阳机场。三月初的沈阳，依然一片白雪茫茫。同机的人们纷纷走出机舱。我虽然感谢《人民日报》那位总机接线员，但对于来人接我，并不抱希望。我最后一个提起行李，在黄昏的风雪里，低着头，瑟缩着走下舷梯，慢慢地，朝出口处走去……

出口处，人们都走光了，我正想找巴士进城，忽然，一位穿黑呢大衣的男同志堵住我：“您是厦门来的吧？”

我抬头一看，他的手里，举着一个小木牌：“接《厦门日报》记者！”他的身旁，停着一辆小卧车。

“您是……”

“《沈阳日报》!”

我这一喜非同小可。一时间，却说不出一句话来。

“上车吧!”他把手一挥。

坐上车，我问他：“您贵姓？怎知道我是厦门来的?”

“我姓王，今天正好值班。一个半小时前接到《人民日报》电话，告诉我们有位厦门同行要来沈阳，我便找了司机来接人。眼看机场上人们都出来了，就剩你一个，我才冒昧上前打听……”

于是，老王帮我找旅馆安排下住宿后，就忙着打电话请人设法买去长春的机票；机票一有着落，又给《吉林日报》打了长途，让他们明天按时接站……

是夜，老王和他们报社一位负责同志老于一起，邀我到宿舍小酌。这时候，我才知道，老王是报社的一位部主任，那段时间，恰好他爱人出差在外，两个小孩全靠他一人照料，为了我，整整忙了大半天，连孩子的夜饭都管不上。

席间，我想起了一件与《沈阳日报》有关的旧事：“三年前，贵报向我约稿，我写了一篇寄来，很快就刊发了，那位编辑也姓王，叫王——”

“就是他!他原来在文艺部!他走了，文艺部再没姓王的!”我还没把话说完，老于便翘起下颏朝老王一点，笑呵呵地说：“真巧!今天接您的又是他!”

老王和我都笑了起来：无巧不成书呵!

在春寒料峭的北国，我安享了倥偬旅途中温暖的一夜。

第二天，老王、老于一起驱车将我送至机场，分手那一刻，他们反复叮咛着：“小陈，一定再来沈阳!”

“一定!”在皑皑雪野里，我使劲地挥着手，不知是泪水还是雪水，雾蒙蒙地模糊了我的视线……

热血肝胆的北京姑娘，至今不知姓和名；憨厚质朴的沈阳老王，从此不曾再相见。然而，他们就像多年知交，常驻我心间——天涯不远，至情常新……

二

离厦进疆前夕，我给乌鲁木齐文友伊萍发了电报。

于是，我安心地登上波音737，由厦门飞抵北京，又由北京改乘伊尔62前往乌鲁木齐。遥远的新疆用她广袤的富有和神秘的魅力诱惑着我，使我忘却了万里旅途的艰苦和劳顿。经过了横贯祖国东西大陆的漫长的将近八个小时的航行，在夕阳西下时分，我终于落足乌鲁木齐。

令人意外的是，我在机场等了又等，就是不见伊萍的踪影。秋天的戈壁黄昏，风刮起来了，白杨沙沙作响，四野寂寞而凄凉。在这片完全陌生的土地上，我一个单身女子，找谁去？民航进城的班车早已开走，我心急如焚……

幸亏天无绝人之路，新疆商业厅派了一部小车来机场接客，好心的主人让我搭上他们的车。

"进城找谁?"车上的一位老同志问我。

"……"我开会的地点在吐鲁番。到乌鲁木齐，我原定找伊萍，伊萍没来接我，我找谁呢?

犹豫了一会儿，决定去《新疆日报》——我想起了两年前在天津的一个会议上，认识了一位《新疆日报》的女记者小张。

到了报社，我千恩万谢地下了车。

那一天恰好是维吾尔族的古尔邦节、汉族的中秋，两族的工作人员全放了假，小张不在报社。传达室的同志见我风尘仆仆而来，马上带着我上小张家里去。

小张正烟雾腾腾地张罗着炒菜做饭，见到我，一声惊呼，乐得一蹦老高："做梦也想不到——你会上新疆来！干吗不打个电报，让我接你去？"

我提起伊萍。小张说，伊萍早几天下乡到石河子去了，根本收不到我的电报。

"你们正过节，我这不速之客，给添麻烦来了！"我心中着实不安。

"节日里来客人，是新疆人最大的心愿！何况，我们还是同行！"

小张把馓子、哈密瓜、葡萄、杏干儿堆了一桌子，只管叫我吃。她那动人的真诚，使我真正体味到了"宾至如归"的情感。

一会儿，小张把孩子托给邻居，带着我去见报社的总编辑。总编热情地为我泡茶切瓜，又亲自打电话给总务科："把我那房子收拾一间，搭上床铺被褥，让小陈休息！"然后笑微微地对我说："住自家房子，舒适些！"

原来，这位总编刚分了一套三室一厅的新房，油漆粉刷好了，还没搬进去。他告诉小张："人家南方人，好干净，住咱招待所，怕不习惯！"

安排妥帖，小张领我到家里吃了晚饭。戈壁滩上的夜来得迟，饭后，小张说："让你领略一下新疆风情，怎么样？"

我当然乐意。小张便领着我上维吾尔族大娘热孜汗家做客，领着我观看维吾尔族、哈萨克族歌舞……直到一轮皓月，升起在天山博格达冰峰上，她才伴我回宿处。

坐席未暖，小张转身出去，用一只精致的红柳篮儿，从家里提来一大篮黑皮西瓜、网纹香哈密瓜、马奶子葡萄、月饼。

"东海边来的尊贵客人，让你在大西北过一个别具风味的中秋节吧！"热情爽朗的小张，真恨不得把心都掏出来。

"咦，我上你家，怎不见你爱人？"我问小张。

“他在部队上，每个月回来一次！”

“今晚是中秋，他能不回？”

“回呀！我方才回家，见他刚进门。”

“那你快团圆去吧！”

“不急！你难得来，我当然陪你！明天，我请‘老总’派车送你上天池。待会儿，我到办公室给吐鲁番记者站打电话，让他们后天接你。”

小张为我安排得如此周到，感动得我不知该说什么才好。

是晚，小张帮我打长途直到深夜。当她踏月归来，敲开我的房门，我已睡过一觉了。

在远离故乡的天山脚下，在不是亲人胜似亲人的新疆同行之间，我度过了一个哈密瓜一般甜美的、充满了人世温情的中秋佳节。

三

吐鲁番大河沿车站，开往上海的列车即将启程。

我突然腹部绞痛，虚汗如雨，接着是大吐不止：不仅是胃中食物，连胆汁、血水也一起涌出！送行的朋友们不让我上车，手忙脚乱地要把我送医院……我归心似箭，而且，不愿意过于麻烦大家，因此怎么也不肯停留：“大概是胆囊炎发作，能有点药就行！”

大伙儿拗不过我的牛劲，只好让人去买药。一位文友嘱咐我：“到西安一定停下看病，大地方条件好些，千万别再拖延。我给你拍个电报，会有人接你去！”

“谁呀！”我有气无力地问道。

“你记住三个‘西安’就得了——西安市《西安晚报》孟西安！”

我抱病踏上了东去的列车。三天三夜的漫长旅途，急性胆囊炎发作，疼得我死去活来，粒米不进。幸亏列车长用广播呼叫了几回，请来了旅客中的一位医生帮助急诊；幸亏同车厢的几位互不相识的旅友多方关照，在秋风秋雨中，在长夜无眠里，在嘈杂拥挤的火车上，我总算一站熬过一站：七泉湖、哈密、柳园、疏勒河、嘉峪关、陇西、天水……车过兰州，我一心盼望快到西安。我想：实在不能再拖下去了，否则，说不定真要客死他乡！

车抵西安，是夜间十一时许，停车时间二十分钟。几位旅友帮着提了行李送我下车。风雨潇潇，寒气砭骨，我哆哆嗦嗦地倚靠在站台的水泥柱上，左顾右盼，从人潮汹涌直等到形单影只，依然听不见有人喊我的名字。我头晕目眩，双腿发软，心里后悔不该贸然下车……

开车的铃声响了，车上的旅友们从车窗里探出头来喊我："既然没人接你，快上车吧，我们送你到上海！"

我正吃力地把行李往车上递——说时迟那时快，蓦然间，有一双大手，往我肩上一拍："小陈！"

我猛一回头，行李"扑"的一声掉在站台上，列车轰隆隆启动了。

"啊！雷抒雁！"我惊喜交集，惊大于喜。

"你看谁接你来了？"

从雷抒雁身后，从朦胧的灯影里，走出了一位高个儿的中年男同志。

"我是孟西安！"他热情地朝我伸出手来。

啊！孟西安！原来，诗人雷抒雁从北京乘火车来西安，当夜九时到达。他的同学——《西安晚报》新闻部主任孟西安开车来接他，并且递给他一份电报，说："《厦门日报》记者陈慧瑛，乘乌鲁木齐到上海的特快，今夜十一点多钟到达。电文上写明她是病号，我得接她。你先在候车室等等吧！遗憾的是，我与这位同行素不相识，能不能接上，还是个问题！"

"陈慧瑛，我认识！"雷抒雁自告奋勇，陪着他来接我。

由于电报没标明车厢号码，他们找了一个车厢又一个车厢，以至彼此几乎失之交臂。

老孟早已为我登记了钟楼饭店，三人皆大欢喜地乘上《西安晚报》的车子直奔宿地而去！

此后几天，老孟安排我就医；为我邀来了西安的文友贾平凹、李天芳、晓雷等等；还让他的夫人——一家工厂的党委书记亲自出马，在最短的时间内帮我解决了西安飞往厦门的机票。

我终于顺利而平安地回到了故乡。

于是，我那一次漫长而艰辛的西行，以同行老孟的热诚相助，为它画上了一个圆满的、令人终生难忘的句号。

几年间，我在我的家乡，也曾接待过不少同行，不论他们来自海内海外，不论他们与我是否相识……虽然我不过是一名普通编辑，如同星光萤火一般，能量有限，但我用我真诚的心，为他们提供一切力所能及的帮助，以此来报答各方同行对我的无私的关切，也以此点点滴滴，来增添我的职业的纯洁和美丽！

太行妈妈

有如一朵飘浮的云，永远地逝去了——我栖身于太行山的岁月！

可太行的山川人事，留给我的记忆，却像埋在地下多年的汾酒，历久弥醇……

当我怀着玫瑰色的憧憬迈出高校大门，在人生起步时，便一脚踏进了太行山。

雄奇粗犷的太行，她向我——一个南国的海的女儿，袒露了母亲宽阔仁厚的胸膛！

当我从风雪上党城头，跋涉了三十多里崎岖陡峭的山间羊肠小径，到达太行山之巅的青柏村，已是掌灯时分。

早春二月，巍巍太行峰峰披素、岭岭白头。倾珠坠玉的大雪把千山万壑打扮成了童话世界。天地茫茫，只有星星点点的窑洞灯光，像太行老人扑朔迷离的眼睛，注视着远道而来的游子……

此刻，壮丽的北国关山，又怎能诱发起我的美感！在这严寒而陌生的世界，一颗孤独的心所咀嚼的，是那难言的苦味……

就在这时，一位银发萧萧、步履刚健、身板硬朗的老大娘，急匆匆地跨进大队部，一把抢过我的行李，操着地道的晋东南土话，笑呵呵地招呼我："闺女，快跟俺回吧，可别冻坏了！"

我不由自主地跟在大娘身后，来到她家——也是从此以后我安身多年的家！

那是太行山村极普通的一眼窑洞。大约年月久远了，烟熏火燎，窑顶黑黝黝的。一盘黄泥抹成的土炕，一台傍炕而筑用来烧饭取暖的火灶，白麻纸糊就的窑门、窑窗已经发黄了，窑里见不到一片玻璃。

啊！这与我四季鸟语花香、一室窗明几净的南方海上花城的家，真有天壤之别；何况，家里还有嘘寒问暖、慈爱可亲的妈妈……我痴痴地木立窑洞口，进退不得。

大娘拿来一把扫炕笤帚，替我把浑身上下的落雪扫净，然后带我进窑，拉我上炕，端来一碗红糖姜汤："趁热喝下，把寒气赶跑，手脚就暖过来了！"

说着，自己便下了炕，噔噔噔地抱来一大把玉米花儿、红枣、核桃，放在炕上："这是咱山里人的零嘴儿，尝尝吧！"

我的身上和心里，渐渐有了暖意。

"闺女，多大啦？家在哪儿？家里还有些谁？"

当大娘知道二十岁的我离家万里、只身北来的时候，善良的老人眼圈儿红了："哟！咱这儿，只隔了道沟，还舍不得把姑娘嫁过去哩！明儿快给你娘捎个信去，叫老人别惦记。到了俺这儿，就和在自家里一样！"

夜里，大娘为我擀了一大碗面条儿，守着我吃完它。后来我才知道，在那年头，山里人吃的大抵是高粱面、榆皮面，就是过新年和待贵客，也难得吃上一顿净白面。

夜深了，尖啸的北风打得窗纸呼啦啦一片声响。门外，大雪纷纷扬扬、无休无止地下着。大娘和我并排躺在炕上，自然而然地唠起了家常。

大娘告诉我，当年她是"妇救会"的主任。这盘炕上，小媳妇、大姑娘在这儿纳过军鞋；八路军子弟兵在这儿养过伤……我问大娘家里还有什么亲人，大娘顿了顿，才缓缓地说，二十五岁以上的男人都过世了。两个儿子，老大是游击队员，丧生在日本鬼子的马刀下；老二是志愿军战士，牺牲在抗美援朝的战场上。如今就剩下她单身一人了……我听了，只觉得鼻子发酸，怕大娘伤心，便默不作声了。

麦草烧的炕，慢慢凉了下来。我这南方人，一时实在适应不了北国高山的酷寒，不知过了多久，手脚依然冰冷，胃也阵阵作痛。我睁着眼，怎么也睡不着。大娘看来也没睡好，我听见她微微地叹息。

不知不觉地，我却进入甜甜的梦乡了。一觉醒来，便觉得浑身暖烘烘的，从脚底一直热到心窝——原来，大娘掉转身睡到炕的另一头，把我的双脚紧紧搂在她心口！

啊，太行山的母亲，我的北方的娘！您用丰富的乳汁哺育了中华民族一代优秀的儿女；您用慈母的温情，融化了我心上的冰霜。

我忍不住流下了热泪。这泪，一半是愧疚——为自己，那过于渺小的个人命运的悲欢；一半是感激——为大娘，那感人肺腑的伟大母亲的情肠！

后来，我离开了太行，回到故乡。十来年间，由于工作需要，我又奔波江北江南。可是，走遍天涯，怎能相忘——我那太行山的娘！

无 名 氏

在我走上生活之路以后，几十年间，塞北江南，雪泥鸿爪，有过多次荒诞却又真实的路遇。那一切，随着日月的磨砺，大抵渐渐褪去了神奇瑰丽的色泽。唯有一段奇妙相逢的往事，却像一串晶莹璀璨的珍珠，永远在我记忆之河里闪烁光华……

1969年春节前夕，我由迢迢北国回闽探亲。一路上，“武斗”、停车、风餐露宿。车抵徐州，已是旅途的第四个夜晚。

在开往南京的列车上，我胃部剧痛，虚汗如注。拥挤不堪的车厢如同沙丁鱼罐头，立足之地尚难寻得，更别提拥有一席座位了。我身不由己地被“架”在过道上，头重脚轻，仿佛随时就要栽倒下去……

这时候，一位身披羊皮大氅的旅客，“腾”地由椅上站起，朝我一挥手。我正犹豫，他已一把将我推上座位，自己站到一旁去了。

列车过了长江，暖气便停止供应。凄苦的夜，风雪迷茫。陈旧的棉袄，抵御不住砭骨的严寒，我浑身冻得打颤，胃疼有增无已。

一杯热水端到我面前，一件皮大衣落在我身上——抬眼一看，仍是那位好汉！

我接过热水，推还皮衣，伏在茶几上……

朦胧中，我睡着了。

一梦醒来，温暖如春。车窗外，胭脂色的晨曦晃得人眼花缭乱。我直起腰，一件皮大衣从肩头滑下……

皮大衣的主人呢？我寻遍车厢，终于在锅炉房的角落里，找到了蜷缩着身子的他——漫长的寒夜，他就是这样熬过来的?！我说不上是激动，还是难过，只觉得眼睛发潮……

我默默地送上皮大衣，他默默地收下。

我还来不及问他姓名，他已夹杂在乱哄哄的人群中，匆匆下车去了……

我怅然若失。

雁来雁往，转眼次年深秋。

利用探亲假，我到闽西山区看望插队务农的弟弟。回乡时，必须在闽粤赣交界的、一个地图上没有标名的小站上等车。

时值傍晚，黄叶飘落，暮鸟投林，昏暗、简陋的候车室显得分外凄清——但更凄清的，却是我穷途潦倒的心境……

那时候，我刚离开学校参加工作，工资有限。北方归来，旅费已耗去百元过半；山村探弟，又倾尽行囊。还家路上，只剩下刚够购车票及沿途膳宿之资。可是，当我跋山涉水、疲惫不堪地来到车站，准备掏钱买票时，发现钱不见了。

——是扒手扒了？还是自己不小心丢了？谁知道呢……

失款虽然不多，但“穷厝莫穷路”，身无分文，真是寸步难行了！

在那个年头，置身人地生疏的异乡，我既缺乏扒车的本领，又无法张口伸手求乞，火车半夜就要进站，我一直想不出排难解忧的办法。

晚秋的轻寒侵袭着我，饥饿像虫子似的咬噬着我。我渴望碰上一位熟人，哪怕是一面之交！

忽然，我看见售票窗口处晃过一张似曾相识的面孔——在哪儿见过呢？我在脑海里搜索着他的形象……

啊！是他?！

我又惊又喜，浑身一下子来了劲，忙从条凳上站起，迎着他走去。“同志，您是去年南京站上那一位穿羊皮大衣的人吗？”我词不达意地嗫嚅着。

“不是。”他一口否认。

我没记错，分明是他！可人家不认账，我还能说什么呢？

何况，在这种时刻，硬要他承认和我早已相识，岂不等于要挟人家再次援之以臂？人的自尊心，姑娘的矜持，使我缄默了！

我苦苦哀求车站站长，希望用我的介绍信作为凭证，换取一张车票。我再三保证，一回家立即给他汇款……站长也许被“小将”们整治过，对如我一般年纪的小青年腻透了，根本不理我。

彼时彼地，我的心里是一片绝望的空白……

不知什么时候，他却悄悄坐到我身边来，挺和气地问我：“同志，家在哪儿？”

“厦门。”我有气无力地回答。

不一会儿，一张火车票、两包饼干一起递到我眼前。不用抬头，我也知道是他！

“您？——”我想说句什么，终于没说。“谢谢”之类的话太客套了，根本无法表达我心中一言难尽的感受。我只问他：“您上哪儿去？”

“广东老家。”

“在哪里工作？”

“上海。”

“贵姓大名？工作单位呢？”

他没有回答，大步流星地走了，再没回头……

啊，相逢何必曾相识！一位路人，两回相遇，虽素昧平生，却胜似亲人！他，像一盆木炭，质朴无华，风雪中才露出炽热情怀；像一阵清风，了无痕迹，炎夏里方显见冰雪肝胆……

漫漫旅途中，我除了绝处逢生似的由衷喜悦，还有华夏古风不泯的欣慰……当然，心头也留下了一脉深深的惆怅：他是谁？如今在哪里？

茫茫人海，何处寻觅？

岁月淘汰了泥沙，却把真金留下！可敬的无名氏，喧嚣年代里民族的精华，在人生的每一个站口，我都会想起他……

美丽的足迹

——鲁迅先生在厦门

风光幽雅妩媚、景色如诗如画的白鹭之岛厦门，如今，前来拜谒她的明山秀水，领略她的侨乡风采和特区风情的海内外各界名流，真是车水马龙，络绎不绝。

然而，半个世纪以前，厦门却还是一个远处天涯海角、地僻人稀的孤岛。

那时候，我国文坛上的一颗伟大的将星——鲁迅先生，“为了暂避军阀官僚、‘正人君子’们的迫害”，应厦门大学的聘请，来到这里。

从此，祖国的东南边陲，留下了这位伟人的一串光辉闪烁的、美丽的足迹……

长衫布鞋

一九二六年秋天，正是鹭岛秀菊临风、丹桂飘香、凤凰花盛开的季节。

一艘来自黄浦滩头的客轮，缓缓、缓缓地驶近厦门港。

飒飒西风里，鲁迅先生健步登上码头。他，一袭长衫，一双布鞋。前来码头迎接他的厦门大学同行，都感到惊讶——

作为一位名作家、名教授，曾经在东洋留过学，如今又来自大都市北京、上海的鲁迅，竟然如此朴素！

鲁迅先生跻身一群西装革履、派头十足的“洋”教授之间，面对人们惊讶的目光，只是淡淡一笑。

二十世纪二十年代的厦门，还没开马路，连黄包车也没有。从厦门大学到市区，必须翻越蜂巢山。山路崎岖难行，厦门大学的学者、教授出门，总是坐轿子。鲁迅先生偶尔上街入市，却总是步行，有时渡海到鼓浪屿去，乘坐的也是小舢板。

十月，一个上午，鲁迅先生来到厦门大学西厨房，他自我介绍道：“我是周树人（鲁迅先生原名）。”

炊事员们早就知道“周先生”是一位很有名望的大教授，可眼前的周教授，却穿着一件藏青色的长衫、一双黑布鞋，朴朴素素，随随便便，大家顿时感到分外亲切。

鲁迅先生很和气地和厨师闲聊着。

每天三餐饭都由炊事员陈传宗送到宿舍。鲁迅爱吃鱼，特别是油炸咖喱鱼。厨师们便变着花样给鲁迅先生做鱼吃。

鲁迅先生言谈风趣，喜欢和工友们开开玩笑。他听说陈传宗会拳术，便笑着说：“你有拳脚，我来这里包饭，还可以得到你的保护啰！”

他为人随和，工友们都特别喜欢他。

鲁迅先生的卧室，在厦门大学集美楼的二楼上。房内，除了一张床、一条蓝底白花的粗布被子，就是书桌、藤椅、水缸和火油炉等，家具十分简单。陈传宗每次送饭去，总看见他伏在书桌上看书、写字。

鲁迅先生离开厦门时，依然是一袭长衫、一双布鞋。陈传宗到船上为他送行，他倚在轮船的栏杆上，从笔记本上撕下一页纸，写着“浙江绍兴府人”，然后交给陈传宗说：“有机会去绍兴，问我的名字，大家都知道。”

后来，陈传宗向人们谈起鲁迅先生时，总是赞不绝口：“说实话，我从来没有见过像他这样生活俭朴的大教授！”

海滨漫步

美丽的厦门港，远山含黛，近水柔蓝，飞鸥翔集，风樯点点，雪白的浪花有如姑娘花裙上轻柔的镶边。金色的沙滩上，到处是五彩缤纷的贝壳，有的像百合花，有的像金字塔，有的像菱角，有的像刺莓，有的像珍珠、玛瑙、猫儿眼……

鲁迅先生在厦门大学任教期间，特别喜欢到海边来。他常常在夕阳西下的时候，边沿着海滨漫步，边捡贝壳，用双手捧着，带回他的宿舍。他常常因此想起自己的童年，想起他在《故乡》里描写过的朋友闰土……

有时候，刚刚黄昏，月亮就挂在天空上，“波面映出一大片银鳞，闪烁摇动”，“碧玉一般的海水，看去仿佛很温柔”。此情此景，令鲁迅先生神往——他会因此久久伫立海滨，不肯离去……

一天清晨，鲁迅先生信步厦港沙滩上，看见许多小船，吃水很重，扬帆向鼓浪屿驶去。他向人打听，知道这是有人利用夜色作掩护，到海沙坡郑成功城墙下挖沙，运到鼓浪屿去卖给日本商人。他心情十分沉重，立即对厦门大学的同学说：“这样挖下去，快要危及城基了！”

后来，有人把这个情况报告给警察厅。不久，便见厦门市警察厅贴了一份告示：“禁止挖沙，违者严办！”从此，再没有人到海沙坡郑成功城墙下来挖沙了。

龙舌兰

厦门大学旁边，有一座海内外闻名的唐朝古庙——南普陀寺。寺里，繁花照眼，古树参天；寺后，五老峰飞丹流翠，挺拔奇秀。

一九二七年初春，鲁迅先生请了当时厦门市“中国照相馆”的老板郭水生，替他在南普陀寺拍一张照片。

郭老板问他往哪儿取景。他既不以飞檐斗拱、庄严壮丽的殿堂作背景，也不以临风婆娑、仙肌道骨的菩提为衬托，而是选择了南普陀寺西南小山岗上龙舌兰丛生的坟前，让郭老板给摄影留念。

鲁迅对龙舌兰这种亚热带作物，常常流露出欣赏、赞叹的神情。他曾经对厦门大学的学生说：“你们闽南人也真可自豪。倘在北京，这种植物，靠着清朝皇帝的大力，也只能在所谓‘御苑’里，看见一两株。”

他的学生请教他：“周老师，您为什么特别喜欢龙舌兰呢？”

鲁迅说，龙舌兰的特性有三。一是坚韧。龙舌兰的纤维不论打绳索、做渔网，都很耐用，不易折断。二是耐苦。不论长在干旱的田埂上，还是生在瘠薄的丘陵地，龙舌兰都能欣欣向荣，常年碧绿。三是有威棱。龙舌兰的叶子两边，长着锯齿形的刺，牲畜见了，都退避三舍，不敢惹它。

总之，鲁迅先生喜欢龙舌兰身上那一种不凡的气质：处贫瘠之地却生机盎然，没有墙头草的奴颜，没有温室花的媚骨，如刀似箭，傲指苍穹，抗烈日，御台风，毫无保留地献身人类。

龙舌兰这种高贵的品格和鲁迅的铮铮硬骨、坚韧斗志，不正是相映成趣吗？

一枚银毫

一九二六年十一月的一天，鲁迅接到学校通知，要他去参加研究国学院经费的会议。

会上校长宣布说："由于学校基金缺乏，决定裁减国学院的经费预算。"

校长刚说完，国学院的负责人就表示了异议。这时，校长认为这有损自己的尊严，立即拉下脸，恼火地说："厦门大学是一所私立大学，谁出的钱，谁便可以说话！"

这几句话，一下子把会场上的人们镇住了。全场顿时鸦雀无声，谁也不敢再说什么。

鲁迅先生听了非常生气，霍地从座位上站了起来，从口袋里取出一枚小小的银毫，"啪"的一声，扣在桌上，正色地说："我捐给厦门大学一个银毫，我要说话！"

鲁迅先生幽默的抗议，弄得校长狼狈不堪，急忙收起那副不可一世的模样，对鲁迅先生赔着笑脸，把那枚银毫收了去，放在自己的衣袋里，表示不敢轻视鲁迅先生的捐献。

三个白眼

当年的厦门，有一条名叫"新填池"的小市街，集通银行就设在那儿。

厦门大学发放教职员薪水，是由总务处发给支票，然后到集通银行去支领。一般学者、教授出门，不是雇船，就是坐轿，每个月上市里领薪水，也莫不如此，步行被认为是有失体面的。

鲁迅先生到厦门大学教书，每月薪金四百大洋，算是高薪阶层的富人了。他第一个月上集通银行领薪水，偏不坐轿，步行而去。

他整整走了一个钟头，才赶到集通银行。鲁迅先生走近柜台，将支票递过去。

坐在柜台里面的经理接过支票，探头一看——只见眼前站着一个身着褪色灰布长袍、脚穿胶底布鞋、风尘仆仆的人，心想：难道一位堂堂的大学教授会打扮得这般土气寒碜？莫不是捡了他人支票，前来冒领？于是，经理的眼珠便往上翻，说："你是周树人？这张支票是你的吗？"

连问三次，鲁迅先生还他三个白眼，连吸三口烟，一语不发。

那经理没法，只好说："你等一下，到会客室坐坐吧！"顺手递给鲁迅先生一张《厦声日报》，让他消磨时间。

这时，屋外传来了经理打电话的声音："厦门大学会计室吗？贵校国文系有没有一位周树人教授？……什么模样？……啊，穿着的确朴素……对！就给他，马上给！"

一会儿，经理走进会客室，毕恭毕敬地捧出四百大洋，放在鲁迅先生面前。鲁迅先生瞟了经理一眼，便扬长而去。

讲课的幽默

听鲁迅先生讲课，是一种享受。

鲁迅先生在厦门大学任教期间，担任"中国小说史"和"中国文学史"两门功课的授课教师。他讲的课，特别受学生欢迎。每回鲁迅先生授课时，集美楼二楼的教室，总是座无虚席，不仅国文系的全部学生，还有英语系、教育系、法科、商科、理科的学生，甚至校内的助教，校外的报社记者、编辑也都闻风而来。有些人找不到位子，就趴在窗台上、挤在走廊里听讲。有的旁听生，甚至站在课堂中的空隙处，边听边做笔记……

第一天上课，时间未到，室内室外，已人满为患。几位迟到的国文系必修课同学找不到座位，很有意见。鲁迅微微一笑，说："没关系，我不是也站着讲课吗?"众同学们听了，十分感动。

鲁迅先生风趣幽默、滔滔不绝地讲了几十分钟，课堂里外，悄然无声。

"同学们听课，精神太紧张了，我给大家讲个笑话，让大家松散松散。"接着，鲁迅诙谐地说："从前，有个财主出门访友，匆促间穿错了鞋，走到中途才发现鞋子一高一低，于是便叫家奴回家拿鞋来换。家奴一去半天，财主正等得不耐烦，忽见家奴气喘吁吁地赶来，懊丧地说：'老爷，家里的鞋子，也是一高一低的，怎么换呀?'"

同学们听了，哄堂大笑。

鲁迅先生却严肃地说："你们别笑话这个奴才愚昧无知，他是刁钻古怪，略施小计，财主便狼狈不堪了！当然，这也是滑稽小说的素材，我们还是三句话不离本行吧……"

于是，他继续讲起课来。

鲁迅先生讲课，语言生动活泼，见解新颖独特。他讲解文学史时，总是把某一时代的代表作家和代表作品，作为研究讨论的中心，围绕中心，旁征博引，分析批判。学生听了，很受教益。

当时，不少人对曹操的看法偏颇，认为曹操是个刁滑的老奸。有一回，上小说史课的时候，讲到曹操，鲁迅先生开门见山地说："曹操这人，是个英雄，我很佩服他。后代的文人，文章做得清峻通脱，是受曹操影响的；诗做得华丽壮大，是受曹丕影响的。他们父子，是改造文章的祖师!"

鲁迅先生把曹操父子的人品、文章以及在我国文学史上的贡献分析、评价、赞扬一通后，笑着摇了摇头，幽默地说："我并不是曹操党！”同学们听了，又是一阵哄堂大笑。

顶沃仔学校

一九二六年十二月，有一天，鲁迅先生上完小说史后，询问学生：“学校里和周围农民的小孩，都能上学读书吗？”

当他听说许多工农子弟无法入学时，十分着急，立即建议厦门大学学生会创办一所平民学校，招收从小失学的年轻工友和厦门大学附近的工农子弟入学，并提议由厦门大学教育系学生担任义务教师。

在鲁迅先生的关照下，厦门大学学生会终于在顶沃仔借得一间祖厝，将学校开办起来。

一九二六年十二月十二日，平民学校开学了。鲁迅先生亲自参加了典礼，兴高采烈地走上讲台说：“你们这个学校，是平民学校，我就不能不来，而且也就不能不说几句话。”

台下响起了热烈的、经久不息的掌声。

鲁迅先生微笑着表示感谢，接着说：“你们都是工人农民的子女，你们因为穷苦，所以失学，所以才到这样的学校来读书。但是，你们穷的是金钱，而不是聪明与智慧。你们贫民子弟一样是聪明的，一样是有智慧的。你们能够下决心，你们能够奋斗，一定会成功，一定有前途。没有人有这样的权力，能够叫你们永远被奴役；也没有什么命运这样注定，要你们一辈子做穷人。”

春风一般温馨的言语，温暖着穷苦工农子弟的心，同学们一个个激动得热泪盈眶。

后来，顶沃仔平民学校修房屋、购图书、买纸张，鲁迅先生经常慷慨解囊。

“就”字怎么写

鲁迅先生在厦门大学国文系当教授时，经常亲自到印刷厂校对讲义稿。他对厂里的工人师傅，十分温和亲切，工人们也把他当作自己人看待。

一次，有个工人请教鲁迅先生：“周教授，‘就’字怎么写？”

鲁迅先生立即抽出一张纸，一笔一画、认认真真地写给他看。

后来，鲁迅先生陆陆续续教了他好些生字，这位工人便将先生写出来教他的几个单字凑起来，裱成一幅条屏。

鲁迅先生和工农大众打成一片的优秀品格，由此可见一斑。

蕹菜河必须填平

厦门市区从前有个大池塘，土名“蕹菜河”，它占了市区一大片地方。

一九二六年九月二十一日，厦门市工务局局长周醒南邀请鲁迅先生到东园赴宴。

席间，周醒南问：“先生从北京来，对厦门有何看法？”

鲁迅先生坦率地回答：“厦门岛背山面海，风景绝佳。但从大学到市区这段路，荒冢累累，荒冢非迁移到较远的郊外去不可！”

周醒南听了，直点头：“先生所见极对，我们当考虑照办。不知先生对厦门市区，有什么改建意见？”

鲁迅先生说：“我来这里不久，市区情形不熟。但我前几天到中华戏园那边去看了一下，附近那个大池塘（指蕹菜河），垃圾、死老鼠堆满池边，这不但妨碍公共卫生，也影响市容。我意必须把它填平。”

周醒南对鲁迅先生这样关心厦门人民的福利卫生，非常感谢："我们本来就打算要填的。承您指点，我们更加要坚持执行，使它早日实现。"

如今，蕹菜河早已填平。当年的污水泥塘，已高楼林立，道路明净，鲜花迎人。周围一带，成了厦门繁华的闹市区。

鲁迅先生泉下有知，当会感到十分欣慰。

《绛洞花主》

厦门大学中文系陈梦韶教授，是鲁迅先生在厦大执教时曾经耳提面命的弟子。

当年，陈梦韶写了个剧本《绛洞花主》，求教于鲁迅先生，先生花了几夜时间阅读完后，对陈梦韶说："从前有人编过《红楼梦》精华，可是很少看见这种书。你的剧本，可当作《红楼梦》精华读。我替你写几个字，作为引言，你可以寄到北新书局去试试。"

陈梦韶既高兴又不安："这么幼稚的稿子，拿去出版，岂不贻笑大方？"

鲁迅先生却鼓励他："青年人学习写作，只要尽其在我。人家笑不笑，哪有闲工夫去管它？成人是从小孩变来的，小孩不因自己幼稚而害羞，你们青年人何必因为自己写作幼稚怕羞呢？"

结果，先生在离开厦门前夜的百忙中，特意为陈梦韶写了《〈绛洞花主〉小引》，并于离开厦门大学那天亲自将原稿和"小引"一起放在陈梦韶的信箱里。后来此文收入《鲁迅全集》第八卷《集外集拾遗补编》。

从此，每当我这位厦门大学学子走进厦大鲁迅广场，鲁迅先生离厦之日将《〈绛洞花主〉小引》放入邮政信箱后匆匆登程的情景，便会历历浮上心头。

鲁迅先生没有“文豪”的架子，没有“名士”的威风。奖掖后辈，如保姆爱护婴儿；指引青年，如烛光照彻迷津。他的良言美行，留在一代代厦门大学师生的心头。

四个半月

四个半月，对于历史长河，不过是一朵转瞬即逝的浪花；对于人的一生，也只是一段极其短促的日月。

然而，对于鲁迅先生来说，他在厦门居住的四个半月，却是他伟大一生中光辉灿烂、成绩卓著的一段岁月。

在这短短的四个半月（一九二六年九月四日——九二七年一月十六日）里，鲁迅先生担任了繁重的教学工作，每周上五节课，还要编写教材，为国学院研究生作专题演讲、批改论文，为国学院专刊撰稿……

不仅如此，在这短短的四个半月里，鲁迅先生写下了《旧事重提》五篇、《故事新编》两篇、《两地书》一书、《〈华盖集续编〉的续编》一集、《汉文学史纲要》一部，以及《华盖集续编》的小引、《坟》的题记及后记，《〈走到出版界〉的战略》、《新的世故》、《鲁迅日记》（厦门部分）等等，共十七万字。

另外，鲁迅先生还编了《坟》《华盖集续编》等杂文集，校阅了《争自由的波浪》等书籍。

在这短短的四个半月里，鲁迅先生作了五次公开演讲，指导厦门大学国文系学生创办了《鼓浪》《波艇》两种文艺刊物，还接待了一批批慕名来访的文学青年……

一九二七年初春，紫荆花和三角梅开遍鹭岛的时候，在南国的微寒里，鲁迅先生离开了厦门大学，乘坐“苏州号”客轮，朝广州进发，开始了他的新的战斗历程。

厦门有缘，碧岛青山，处处留下鲁迅先生的足迹；厦门大学有幸，校园处处，至今犹存大师的亲切教泽。

如今，凡是远道来访厦门的人们，总忘不了到厦门大学鲁迅广场，拜谒庄严肃穆的鲁迅塑像，参观宽敞明亮的鲁迅纪念馆。在这儿，有一脉智慧的灵光，有一股民族的正气，引人深思，催人警醒，导人向上！

东海岸边，鲁迅先生留下的这一串美丽的永不泯灭的足迹，与日月同辉，与天地共存！

一朵清丽的野菊

——郭风剪影

郭风的名字第一次进入我的生活，那是在我九岁的时候，一个夏天的傍晚，我坐在院子里的丁香树下，小青蚊在头顶嘤嘤地唱着歌，我着迷地读着《豌豆的小床》《痴想》……

有一天晚上，我梦见自己睡在豆荚般的小床上。

——这豆荚的小床，多么美丽呵，好像是用绿色的水晶雕成的。

我想，

有一天，我要变成一朵小野花，

——一朵淡黄色的小野花，坐在两片鲜绿的草叶上。

当时，我把郭风当作一位可亲可爱的小朋友，藏在我小小的心里。

风风雨雨地过去了多少个年头，可我总忘不了他的这些像高山流泉那样纤尘不染的、充满晶莹美妙的童心的诗一般的句子；忘不了他笔下那些逗人喜爱的紫罗兰、百合、蒲公英和矢车菊们。

真正认识郭风，是在一九八一年的冬季一个阳光明媚的星期天，听说郭风和柯蓝两位老师到厦门来了，作为文艺编辑，组稿是我的任务；私心里，也想拜会郭风这样一位我仰慕已久的散文界著名作家。因此，午后二时许，我来到三角梅纷披的白鹭宾馆。

在宾馆的花园里，遇见了本地文友老傅，他正陪着两位老人说话。

"你上宾馆看望谁呀？"老傅问我。

"拜访郭风老师！"

我话音刚落，一位眉清目朗、面貌慈祥的长者，立即微笑着走过来，说："我就是郭风。"

握了手，我说明了来意——希望他在旅厦期间为我报——《厦门日报》副刊写一篇华章。他有些为难了："小陈，你可能不了解，差旅在外，我是写不了东西的，总得回家后，才能动笔。你约的稿子，以后再说，好吗？"

后来交往多了，才知道老人有个习惯，写文章必须在家里那张古老的木桌上，一坐在那儿，仿佛灵感就来了。因此，不少朋友叫他换一张新式书桌，他总不愿意。几十年了，那旧书桌一直陪伴着他……

第一次见面时，我当然不知道这些。组稿如催命，这是我的长处，也是我的缺点。见老人没立时答应下来，我有些失望了。老人看了看我，说："难得你这么诚恳，我努力完成吧！"

出于礼貌，我不能再催了，再三叮咛回去后一定惠赐稿件予我，便回了报社。

第二天上午八时许，我接到一个电话："小陈吗？我的稿子写好了，柯蓝也写了一篇。"

真想不到，一夜之间，郭风老师不仅自己写了文章，还鼓动柯蓝也写了。我立即赶到宾馆，两位作家正在抄稿子。柯蓝老师告诉我："老郭对我说，地方的报纸刊物，一定要热心支持，非让我给你们写不可。昨晚，他破天荒地写到下半夜两点来钟……"

也是后来，我才知道，郭风老师每天晚上八时左右入睡，清晨四时起床写作，这是多年不变的老规矩了！

为了一个市报的年轻编辑的约稿，他打破了正常的生活、工作规律，熬夜撰文……我心中的感念和敬意，自不待言，立即自告奋勇地帮两位老人抄完稿子。

隔日，两篇大作同时见了报，我把报纸、剪报送到他们下榻处。郭风老师很高兴地对我说："看你办事这么认真、迅速，我有一件事和你商量——散文诗原是一种美育生活、陶冶人生的很好的文学样式，现在却冷落得很。能不能利用你们的副刊，编发一点'散文诗专页'，促进一下这种文体的繁荣呢？"

柯蓝老师也极力表示赞同。

对这样一种不为人所重视的文学品种，老人却寄予那样的深情，他的事业心打动了我，我决心为散文诗的复兴作一点努力。社领导的支持加上他的指导，"散文诗专页"终于创办出来了，一期又一期地持续下去。三年间，"专页"的星星火种，燃遍了大江南北的报纸、杂志。散文诗这一文体，也不再依附于诗或依附于散文，有了自己独立的门庭，出现了空前未有的昌盛局面。我和老人之间，也从此播下了友谊的种子。

郭风老师对事业如此专注，对艺术却分外宽容。一九八二年初秋，郭风老师来到鼓浪屿参加福建省小说、诗歌的评奖工作。一个黄昏，我去探望他。迎着绯红的晚霞，我们漫步在海滨山坡上的树林里，老人抚着挺拔俊逸的波斯枣椰、亭亭如舞裙的华盛顿棕榈，指点着朵朵娇艳的黄花夹竹桃、片片牵枝引蔓的青藤，快乐得如同孩子一般："小陈，你看看，这片树林里，高大的、矮小的、茁壮的、纤弱的、名声显赫的、默默无闻的种种树木花草，个个按照自己的特性，奋发向上，组成了繁复而美好的植物世界。艺术也一样……"

我听了，很受启迪——可不是吗？老人的心，总是那么博大、宽厚：他热爱散文、散文诗，但从不排斥小说、诗歌；他的文字明朗而清新，却从不贬低朦胧、含蓄的美文；他具有根基深厚的古文修养，崇尚优秀的民族文学风格，也时时注意汲取外国各种文学流派的精华……

他热爱大自然。读他的作品，和他在一起，往往不能不为他与大自然那种物我两忘、水乳交融的情谊所感动。

一九八三年仲春，他陪孟伟哉同志到厦门来。我们相约同游醉仙岩、天界峰。老人天没亮便上了山，在长满相思树的峰岩间，热心地采集着各种各样的野花和蝴蝶，一一夹在笔记本里。那兴奋的样子，有如小学生参加春游一般。啊！大自然给了他可贵的童心，他是大自然赤诚的儿子！

我们从自然界的山川风物谈到创作，老人说："艺术的炉火纯青的极境是自然，是返璞归真。做文章，我意少些雕饰，从容写去……"他向我介绍泰戈尔、阿索林、史密士……他热情地推荐卞之琳选译的《西窗集》……

他喜欢空灵、淡远、和谐的情致，喜欢中国山水画式的白描。大千世界的海色岚光、日月星辰、花鸟虫鱼，在他的眼中和笔底，都蕴含着一种超尘脱俗的理趣、一种净化灵魂的美感。

他的为人，也总是那么恬淡、温情，甘于寂寞而又从不停止奋斗。

一九八五年五月，我到庐山参加中国写作研究会华东年会，途经福州，第一次到了郭风老师府上。走进书房兼卧室的房间里，除了满墙书架而外，最显眼的是正中那一架鱼骨吊灯：一串串薄如蝉翼的乳白色鱼骨片，笼着柔和的橘色灯光，微风吹来，鱼骨相击，叮当作响。站在灯下，我仿佛进入了一个诗、画、音乐交融的艺术境界。

那是中国作家代表团访问菲律宾时马科斯夫人赠送他的礼品。老人特别珍重友情，提起吊灯，他的眸子里，便飘出一缕温柔、缅怀的情思。

这时，我才想起，家中不见女主人：“郭老师，您夫人呢?”

“去世了!”他的声音，有些苦涩，顺手指了指窗前那张前面提过的木桌——据说这木桌是他结婚时置下的家具。

桌上的玻璃板下压着他和夫人的结婚照片。我忽然领悟了，老人写作时离不开这张旧木桌，会不会也是对伊人的一种怀念呢?

他是省作协主席，有着许许多多的社会工作；他是作家，一息尚存，便要不停地创作。他暮年丧偶，写作中、生活上的不少事情，只得靠自己料理，在旁人眼里，他的晚景是冷寂而凄凉的。可是，他自己却不以为然：“我已经进入垂暮之年了，没想到这三年所作较多，这是因为自己的心情愉快。也许，晚晴的美丽能够引起创作的思绪和灵感?”

果然，继他创作道路上的丰碑《叶笛集》之后，近年来，《唱吧，山溪》《你是普通的花》《笙歌》等散文集、散文诗集，一本接着一本问世!

他从来不曾大红大紫，也从来不曾向往大红大紫。不管社会怎么变迁，人情如何冷暖，他总是执着于自己的人生追求，执着于自己的艺术探索。

一九八八年在武夷山召开八省二市散文笔会时，在九曲宾馆里，他曾经十分庄重地告诉我：“我觉得自己不应该把那些艺术上拙劣的、冗长乏味的作品，那些虚假的热情和说点空话的作品，呈现在读者面前。我希望自己能够认真写出于世道人心有所补益的作品，这便是我的艺术良心!”

他是一位谦逊、质朴、言行一致的人。四十多年来，他珍惜自己的艺术良心，不息地吹奏着他的富于闽中木兰溪风韵的叶笛，歌唱故乡，歌唱人民，歌唱祖国的大好山川、风流人物……他的歌声里，流漫着纯真而广袤的爱，人们听了，往往会不由自主地陶醉；人们的心灵，往往会在它的潜移默化里，变得如月光般皎洁，如白云般明净，如八月的秋原般丰富、辽阔……

我的床头，放着老人题赠我的四川人民出版社出版的、装帧精美的《郭风散文选》。每当我掀开扉页的照片，总觉得老人用他善良而纯洁的目光，正亲切地注视着世界、注视着人生、注视着我……我的心头，便会自然而然地浮起老人写在《酢浆草·野菊》里的一句话："他们真心真意地开放花朵，在不很显眼的地方，给大自然增加了美丽。"

郭风老师，他自己不就是一朵生机盎然的野菊，为千姿百态的生活大园林不息地增添着美丽吗？

我和冰心

无论用什么语言去赞美冰心都难免浮浅。她的作品，她的人格，那永恒的烛照人心的光辉，与清风明月，与高山流水，与质朴无华的大自然同在，让你可以领略，可以体味，却一言难尽。

一

读冰心的书，已整整三十五年了。大约是在八九岁吧，有一天偶尔从家中长辈的书架上见到商务印书馆出版的《繁星》和新潮社出版的《春水》，取出一看，作者竟是同一人。在囫囵吞枣、死记硬背《三字经》《增广贤文》《幼学琼林》的年纪，忽然见到这样新鲜明丽的文字，小小的心儿是何等的欢愉！于是，诗篇中那深蓝太空里楚楚动人的星星，那装点世界的弱小而骄傲的小草，那蔚蓝的海、碧绿的江，那占春先的梅香、沉海底的峰影，那浣衣的女儿、牧牛的童子，还有那当年似明似昧的乡愁，便如同一群可爱的小朋友，一下子闯进了我单色调的童年。我读着读着，常常会默默地流下泪来，那稚嫩的童心被圣洁美文启迪后混沌初开的真诚的泪珠，如同甘露，哺育着我此后的人生。作者冰心的名字，也从此刻在我的心扉。

后来几十年间，又先先后后十回百回地读过冰心的小说、诗歌、散文的全部，其中有些篇章，如《寄小读者》《南归》《默庐试笔》《梦》《我的童年》等等，每读一回，总要落一回泪。尤其是作家对母亲、对人生那一份至真至纯的爱，对故乡、对自然那一份至深至切的情，长夜灯下，总令我握卷嘘唏，枕畔泅湿。冰心的爱心，在潜移默化中引导我走向善，走向美，走向光明。

少年时，冰心在我心中，是一位娟秀温存、体察人意的大姐姐；青年时，冰心是我文学之旅的灯塔和偶像；如今，青春已成明日黄花，中年时光如牛负重，冰心就像我的慈母，每当人世忧喜纷至沓来百感交集于心头，重翻冰心的著作，便有一种温馨的安慰，一种博大的宽容，一种熨帖心灵的平和宁静，像五月的玫瑰花香，幽幽地弥漫心间，令我豁达胸襟，涤除杂虑，直面人生，而那些柔似水、媚如花、千回百转、深情绵邈的清词丽句，至今依然以它经久不衰的魅力，给我童心，给我母爱，给我美的陶冶、诗的灵感、生命的呼唤。

想起冰心，就想起“一片冰心在玉壶”，她那冰清玉洁、“清水出芙蓉，天然去雕饰”的文字，是人间的天籁。从前我与她虽素昧平生，但多少年来，每每望星光闪烁、见月色迷离、闻风足踯躅、听海波低回，常会想起冰心和冰心的诗文。当然，冰心是我们闽籍女儿，加上这一缕难解难分的乡情，我常常忽略了她只是我心中神交，而总把她当作曾经春风帐下、耳濡目染的师长。

二

中学时代，由于我爱好文学，尤其爱好冰心的著作，由于我的作文，常常有幸作为学生范文公之于校园，于是老师、同学便戏呼我为“小冰心”。这当然是一种鼓励、一种鞭策、一种善意的嘲谑，然而在我的深心里，竟有了一片非分的妄想，希望有朝一日能够像冰心老师那样著书立说——像她那样用自己纯净的灵魂、秀美的文字滋润世界。

春来秋往，廿载寒暑如白驹过隙。到了一九八五年，在困顿蹶竭之中，我终于有了一本散文集子《无名的星》问世。对于这本于他人无足轻重，于自己则如新生儿敝帚自珍的处女集，除了我的恩师郑朝宗先生、良师郭风先生之外，第三个想到必须相赠求正的人就是冰心老师。虽然，我一点儿也不敢奢望这位耄耋之年的文学大师能够拨冗翻阅这本浅薄幼稚的小书。江南北国，我的万里遥赠只是一种夙愿的完成，一种多年的期许，也是对冰心散文给我自幼的哺育的一种菲薄却诚挚的馈报。

我做梦也想不到，在书寄首都十日之后的一个清晨，我便从我旧日的工作单位厦门日报社的传达室，收到了一封“北京谢寄”的航空信件。未及浏览内涵便先寻找信末的签名，当多少年来萦回心间的亲切而熟悉的“冰心”二字映入我的眼帘，我很难抑制内心的激动，一下子热泪盈眶！望着那娟丽端庄的笔迹，我读了一遍又一遍：

慧瑛同志：

《无名的星》拜领并已拜读，可谓文情并茂。我尤其喜欢祖国和故乡那一段，希望您再多写下去，我为故乡又多一位女作家而高兴！……厦门我到过，但未久留，将来如可能，一定拜谒！

祝您笔健并贺

新禧！

冰心

十二、廿九、一九八五

那是一九八五年的岁末，冰心这位我心目中的伟大老人，为我送来了一份人世间最美好的新年礼物——想想当年已是八十五岁高龄的老人，竟然对一颗“无名的星”如此关注，不仅认真披阅她的拙作，而且及时亲自操管复信加以鼓励，那一份奖掖后学之心，那一片深挚的乡情，一如她那永远热诚的为人，叫我怎能不感铭于心、长志于怀！数年间，我曾多少次提起笔来想给老人写信，但老是欲写还休。我想，语言总是无力的，倘我只是昙花一现，一切许诺便成虚谎，重要的是，孜孜矻矻、永不疲倦地按冰心老师的期望去努力。因此，多年以来，在兢兢业业搞好本职工作之余，我夙兴夜寐，呕心沥血地执着于散文笔耕。每当在艰辛的劳作中稍有倦怠，我总想起冰心老人的话：“希望您再多写下去……”我的身心便有一种感奋、一种责任，那是严师的嘱托，那是慈母的寄望，那是老一辈文学大师的心愿。于是我便不敢偷懒，在艰难曲折中依然踽踽前行，为散文这清寂的园林努力增添几株小花小草。

五年时光，一千八百多个日夜流水般逝去，在淡泊经营中我终于有了十多个散文集子问世。一九九一年四月末，我的母校厦门大学校庆期间，前来参加庆祝活动的中新社记者林华先生来家中探望我，他是我的学兄，也是冰心老人家中的常客，因此，我将我的散文新集《芳草天涯》郑重托他带往北京求教冰心老人，也算是献上我风风雨雨着力耕耘所获的一穗秋谷。

依然是料想之外，依然是书寄出十日之后的一个上午，我又收到了年过九旬的冰心老人那端庄秀丽的亲笔回信：

慧瑛女士：

您的大作《芳草天涯》早已收到并已拜读，只因不知您的地址，以致延误，昨天有福州同乡来，我才知道您在厦门。言归正传，您的散文我很喜欢，特别是抒情中都有叙事，不是空泛地伤春悲秋，风花雪月，这种文字我看腻了！希望您照此再写下去，您不是“小冰心”，您有自己的风格，春寒望珍摄。

冰心

五、十、一九九一

是的，从冰心老人给我的第一封信起，五度春秋，沧海桑田，老人不知我是否燕巢依旧。是的，在我的小书中有一篇《参星与商星》，里面曾经提及少年时代关于师友昵称我为“小冰心”的往事。

短信的字里行间，流漾着一片忘年之交的眷眷深情。冰心老人用她水晶一般纯净亮丽的心，给我真诚的友谊，给我文学的指引，给我人生的鼓励。我依旧很难用言语来表达我内心的感动。虽然我把来信前前后后读了何止几十遍，每读一回，我的心河便涨满春潮。

我赶紧给林华学兄挂长途电话，词不达意地诉说着我对冰心老人的感激和思念。我说，如果今年有机会进京，无论如何请他一定陪我去拜识冰心老人，一偿我儿时的夙愿、少年的期待、中年的渴望……

三

天从人愿，一九九一年金秋，我荣获新华社《瞭望》“情系中华”国际征文奖，因为领奖，我有了飞赴北京的机会。

十月十七日黄昏抵京，我马上给林华兄打电话。接通电话后他立即明白了我的意思，握着话筒欣然表示一定兑现诺言。

十九日夜，林华来电话，告诉我已给冰心老人的女儿吴青挂了电话，吴青女士回答：“妈妈刚住院出来，这一段时间为了老人的身体康复，家里谢绝来访。我告诉妈妈陈慧瑛来了，她说陈慧瑛她要见的！”

老人知我心，不负我半生相思情。我的喜悦，就不必提了！

就这样，林华与吴青定下时间——十月二十日下午三时由林华陪我去冰心老人寓所。

也巧，二十日中午，我的大哥、散文家陈佐洱先生驾一辆车子来看我。林华、我、佐洱三人便一起同访冰心。

三时整，车子抵三环路民族学院冰心寓所。按了门铃，一位阿姨来开门，说："进来吧，谢先生在等你们哩！"

踏入卧室兼书房，冰心老人果然已端端正正地坐在书桌前。林华、佐洱二兄争着为我作介绍，老人微笑着摆了摆手说："不用你们介绍，我早就认识她了！"

是啊，我与老人虽是初识，可当彼此四目相望，有如久别重逢，那一份相知，那一份默契，尽在流眸一瞥之中。冰心老人那慈祥智慧的笑容，多少年前已在我的梦中心上。

老人亲切地拉住我的手，让我坐在她身旁，我说："谢老，多少年了，我总想着您，谢谢您的散文著作给予我的教育和滋养！"

我递上新出版的拙著散文集《春水伊人寄相思》，老人把书拿起，细细端详，然后打开抽屉，取出一张几天前刚拍的新照，工工整整地题上：

赠慧瑛女士：

我和我的一等公民

冰心

二十、十、一九九一

然后交给我，说："见到你很高兴。我送你一张照片！"

望着照片上双目炯炯有神的冰心老人，怀抱一只白色波斯猫的情态，我既欣喜又疑惑："一等公民？"

"哦，猫是我们家的一等公民，吴青他们几个孩子是二等公民！"老人笑眯眯地解释。有一种童真童趣盈溢着老人的身心，使我想起了“返璞归真”“返老还童”这样的成语。

我又说，上午见到人民文学出版社的季涤尘先生，他说年前选编的《冰心散文选》样书出来了，并送了我一册。这是一本精选的集子，装帧十分典雅。我请老人为我题个名字。老人乐呵呵地提起笔来，用她那一手清丽的楷书写上：

慧瑛嘱签名留念

冰心

二十、十、一九九一

写毕，说：“我也送您一本新书！”

于是，从书案上取出一部作家出版社刚刚出版的《冰心近作选》——封面上，一盆君子兰、一只毛茸茸雪团似的猫儿构成了一个童话。这时候，我才知道，猫和君子兰是冰心老人的爱物，难怪老人对封面设计赞美不已。在书的扉页，老人题上：

慧瑛女士正

冰心

二十、十、一九九一

林华、佐洱见了，几乎异口同声：“慧瑛，谢老这么喜欢你！今天，你的收获真不小呀！”

我当然很高兴，我知道，我与老人自有一线心缘，因此一见如故。

冰心老人问我：“你是厦门大学的毕业生，你知道萨本栋吗？”

我忙回答：“他是我们厦门大学的第三任校长，所有厦门大学校友都知道他。”老人听了很高兴：“萨本栋是我的表弟！”

哦，冰心原来还是我的校长的姨妈！当老人娓娓地诉说萨本栋这位“非常厚道踏实”的老校长青少年时代的往事，我觉得冰心老人与我、林华、佐洱之间无形中又多了一份天缘。

我环顾卧室，目光停在床前墙上一幅俊逸端方的中楷上。冰心老人说，那是她祖父的书法。于是，我自然而然地想起她的出生地福建省福州府隆普营以及她那当年授徒为业、博学多才的老祖父谢銮恩老先生——书香门第的文化熏陶造就了一代文坛女杰……

房中一条“白牡丹”工笔丹青是一位陕西画家的作品，而书案前一幅悼总理的诗章是赵朴初先生的手笔。书柜里与书为伍的是各种各样玲珑可爱的小工艺品，如小猫、小狗、小象等等，冰心老人兴致勃勃地告诉我：“这些小玩意儿全是孩子们送给我的礼物！”

老人的卧室除了书香气息，还弥漫着一片童心天趣。

老人告诉我她有一子吴平，二女吴青、吴冰。

“儿子外出，吴青、吴冰刚好被挪威使馆请去吃饭，今天可惜见不上了！”

老人说，她的孙女吴江、孙子吴山、外孙李丹和李冰的名字都是她起的。

起名字，越简单越好，李冰出生时他爸爸在冰岛，李丹出生时她爸爸在丹麦，挑个地名就是了！

我信口问道：“您为什么起笔名‘冰心’呢？”

“我二十岁开始写作，那时还在上学，怕人家说我写文章，就起了个笔名。你知道我的原名叫谢婉莹，婉是排行，冰与莹也有一点关联。记得当时周作人先生是我的老师，他不知道我已开始发表作品，上课时还拿我的文章来教我们！”

说完，老人爽朗地笑了起来，我们也为之解颐！

老人平易可亲，我也就无拘无束："民间有张恨水先生因爱慕您而恨水不成冰之说，是否属实？"

"那是扯淡，张恨水先生是前辈，我连认识都不认识，哪来恨水不成冰？"

说完，大家不禁开怀大笑！

老人见我对她房中的字画挺感兴趣，便让我到客厅看一看，说那儿有梁启超的一副对子。林华陪我上客厅，那客厅东墙是周总理画像，冰心老人对总理的一片深情，洋溢于斗室之间；西墙是一幅吴作人先生的"熊猫"，两旁正是梁启超先生的对联：

世事沧桑心事定

胸中海岳梦中飞

那联句气势磅礴，又深藏禅机。那书法刚柔相济，秀而媚，着实令人喜爱。名家名联，相得益彰，冰心老人的情怀，由此可见一斑。

老人爱花，写字台上摆满鹤望兰、康乃馨、月季，朵朵鲜艳欲滴，生机勃勃，花香袭人。客厅中除了火红的一品红，还有一盆盆淡紫、鹅黄、深红、雪白等五彩缤纷的秀菊，幽芳浮动，沁人心脾。我走回卧房，忍不住赞叹："谢老您这书房客厅，真是书香花也香，难得的是北国晚秋，竟有这等水灵灵的鲜花！"

"假花我不要。人家送我人造花，人一走我就扔了。我说，与其送我假花，不如送我一株草！"

老人的气质、禀性，决定她与假无缘！

话题自然要引入文学。当我请教老人有关写作的问题时，老人恳切地告诫我："写文章千万不要为写作而写作，为写而写，那就毁了。首先要有真情实感，没有真情写不出好文章，这一点，读者的眼睛是雪亮的!”

“有的人是文如其人，有的人是文不如其人；有的人一时很好，但最终不行；有的文章一看就知道是谁写的，那就好；有的文章看不出是谁写的，那就不好！写文章，与一个人的家庭出身、人格修养种种都有很大关系。”

在这言简意赅的教诲里，包容了多少艺术的真谛、人生的哲理。这耳提面命的一刻，我得到了一份终生享用不尽的艺术启迪。

鉴于冰心老人病后体弱，原计划看望的时间为二十分钟，谁知老人兴致勃勃毫无倦意，侃侃而谈，妙语如珠，不知不觉已是一个钟头。很难想象一位九十二岁高龄的老人能有如此神采飞扬的精神风貌。我对林华、佐洱二人说：“当今中国作家，年纪最大的恐怕就是谢老了!”

老人真是耳聪目明，立即作答：“原来是俞平伯比我大，可惜过世了。现在当然数我大，夏衍也比我小。夏衍写文章说比我小十二天，我说不对，小二十六天。他说反正比你小就是，我说不行，这种问题可是分秒必争!”说完，自己笑了。

她的风趣和幽默真让我们忍俊不禁。

我说：“谢老您如此康健，而且智力不衰，究竟有什么养生之道?”

“我不讲究，荤素都吃，但不吃肥肉!”

望着老人粉嫩如婴儿的容颜，望着老人神清气爽的风韵，我深知这位文坛寿星，这位世纪同龄人的养生之道不仅在于起居饮食的调摄，看来最主要的还是精神的自我陶冶。她那淡然恬然、自然而然的潇洒襟怀和清心寡欲、应变不惊的处世态度，她那宽厚慈爱的为人和美好的内心世界，不仅形成了独树一帜的文学风格，也印证了“仁者寿”这一千古名言。

有人说冰心老人的文章“老来辣”！我想这正是她那善良的天性和不朽的青春点燃的不熄的生命之火、艺术之火、正义之火。普希金说：

“我用我的诗歌唤起人们的善心。”冰心也一样，在长达近一个世纪里，她用她美丽的散文，如清泉涓涓不息地呼唤着民众的善心、社会的进步，呼唤着人生的真善美。她是文坛的奇迹，她的文章和她的名字，从不轰轰烈烈，也从不褪色，如水如空气，淡淡地却无时不有、无处不在，淡淡地永恒着。

依依不舍地与冰心老人握别，已是黄昏。走出民族学院，深秋的京华天高地阔，满城杨树依然绿得发亮，我的心境瑰丽如诗——当你数十年间祈望相识的心灵一旦相遇，而且是在那样温情脉脉的氛围、那样美妙可爱的时光中，感受又是如许博大、如许完满，心怎能不充盈丰收的喜悦？

北国归来，忽忽又是数月，虽杂务扰人，却总想起冰心老人，总想起“闲梦江南梅熟日，夜船吹笛雨潇潇，人语驿边桥”这么几句旧词。有一份缱绻的情意如诗如画，如江南早春常春藤上晶莹的新绿萦绕心曲。于是，怀着一腔柔婉虔诚的思念，写下以上文字，献给我心中的文艺女神——永远的冰心！

三尺丹青写风流

——叶浅予先生厦门行

去年冬天，北京记者包立民先生到厦门来。他平日善于为画家写专访，因此结识了不少画坛名将。

某夜灯下小聚，包先生问我当代哪一家手笔最妙，我说，我虽有兴趣赏画，但毕竟是门外汉，大凡艺术，内行看个门道，外行看个热闹，因此不敢妄加评论。但艺术到底必须拥有民众，作为一位观众，我偏爱齐白石、徐悲鸿和叶浅予。白石纸上无滴水，而游鱼戏虾活泼可爱，宛若置身清流之中；悲鸿尺素千里，奔马腾空，纸面可闻风声呼啸；而浅予那落墨极其简约而顾盼迷人的舞女，一颦一笑一举手一投足之间，有乐声袅袅自纸底流出。他们三人笔下那一分空灵的神韵，那一段以少少许胜人多多许甚至以无胜有的艺术空白，实在令人回味无穷。

包先生听了，说："三人中，齐徐二老已作古，如今只剩叶老了。叶老是我的熟人，明年，我动员他上福建来，那时，你可以见见他！"

光阴荏苒，转眼秋风一度。数日前，市美协秘书长吴伟程送来一份请柬，打开一看，是让我参观叶浅予、楼家本先生画展的。我仰慕叶老已久，加上伟程兄盛情可感，于是，画展开幕日，我欣然赴约。

画展设于市工人文化宫，而剪彩仪式就在文化宫门前广场进行。我一进场，便有人大喊一声："小陈，记不记得我？"

"哦，老包，您果然陪叶老来了！"

于是，包立民、吴伟程二位将我介绍给叶老。只见八旬高龄的叶老端坐在交椅上，面容清癯，须发尽白，目光炯炯有神，好一派仙风道骨，令人肃然起敬。老人和我亲切地握了握手，满面喜色地说："厦门不错，来了这么多群众！"

我举目四望，广场四周，果然密密麻麻地围了一大圈前来观瞻叶老风采和参观叶老画展的美术爱好者。我想，叶老身旁，本地的文化官员不少，而老人首先想到的却是普通群众——他心中有人民，难怪人民喜欢他的艺术。

从前，叶老的作品留给我印象最深刻的是舞蹈人物漫画，那些千姿百态、栩栩如生的艺术形象，线条如行云流水，风韵如玉树幽兰，那一种炉火纯青的技艺，令人过目难忘。可此回厦门展出的作品竟不是漫画而是国画，因此我有幸欣赏了叶老绘画艺术的另一侧影风貌。

展厅里展出的叶老代表作近半百幅，其中最令我喜爱的仍是充满少数民族韵味和异国情调的歌舞画，如《苗岭踏青》《延边之春》《高原牧笛》《凉山舞步》《象脚鼓》《印度三人舞》《南亚脚铃舞》《于阗装》等。那些水墨丹青绘就的苗族少女、维吾尔族少女、印度舞女……一个个俏丽妩媚、摇曳生姿，呼之欲出，尤其是她们那灵动活泼、脉脉含情的眼神，那洒脱奔放、舒卷自如的舞姿，令人望之心旌摇摇，醺然欲醉。其中有一帧美丽的天竺女人，纤腰束素、舞袂飘飘，脚不点地，轻盈婀娜如云中仙子，那一低首一敛眉的千娇百媚，我见犹怜，何况青头少年？

另外，那充满古朴情思的《长安怀古》四题，则是国画与漫画结亲的产儿，当中《马嵬坡，忍唱长恨歌》一题，叶老将"宛转蛾眉马前死"的杨贵妃画成一个倒地的美丽的唐俑，那含蓄的曲笔和凄婉的柔情，给人以漫画飞扬的想象和诗歌隽永的韵致，实在令人拍案叫绝！

叶老从漫画转向国画，自一九四〇年作水墨速写《战时重庆》始。一九四二年秋，叶老和一个艺术家小组到了贵阳，贵阳花溪的风光和苗族姑娘的服饰图案让他着迷不已，于是他独留此地盘桓数月，后来又远行西康，先后收集了不少苗、藏各族的艺术资料。一九四三年，应史迪威司令部之邀，他前往印度写生，印度美妙的舞蹈使他深深陶醉，返重庆后，便一头扎进北温泉的松林小屋，日夜挥写印度舞。他将敦煌飞天摹本中获得的笔墨灵感，移情于印度舞，因此他的印度舞画，从设色、造型以至手指关节等，都给人以佛画的印象。所以宗白华先生称赞他的印度舞画是“古典美与现代美的结合”。二十世纪六十年代是叶老舞蹈人物画的全盛期，可惜因为一场浩劫，他不得不封笔十年，直到八十年代第一春，才又完成了他的新作《富春山居新图》长卷。叶老从画六十春秋，艺术探索的脚步从未停歇。

如今，从画展中也可以看出，耄耋之年的叶老，从创作题材到画技，仍不断作“出框”的尝试，这种锲而不舍的求新精神，固然与他深厚的生活积淀、艺术积淀分不开，但更重要的是，这一代丹青国手，胸中流涌着强烈的时代感、责任感，这使他的艺术永远植根于群众之中，永远走在时代的前列！正如老人自己所说的：“我的艺术实践，基本上是按社会的需要安排。在六十年中，我做了应该做的，不计较个人得失，哪怕是受委屈的日子，也不抱怨什么。我对生活的态度是‘知足常乐’四个字，对艺术的信念是‘自强不息’四个字。”

流连展厅，仰望名师风范，正游思翩翩，忽听得背后有人招呼，回头一看，是悦华酒店负责接待叶老的张先生。

“张先生也来品画，雅兴不小！”我说。

“我们也是画展主办单位之一呢！今晚，我敬治薄酌为叶老洗尘，请你一块儿来聚一聚吧！”

是夜，我应邀前往。相见之下，叶老十分高兴。我问老人：“听说您下午游了鼓浪屿，累吧？”

他笑眯眯地摇了摇头，忽然来一着“双峰贯耳”，又来一着“白鹤亮翅”，那架势颇有武林之风。陪同叶老的画家楼家本先生对我说：“神了！我们原来还担心他老人家走不动，想不到整整跑了两个多钟头，他照样生龙活虎，那精力那劲头比年轻人还够用！”

听说往回走的时候，因为海潮的落差，船和岸一高一低相距一大截，楼家本、包立民二位正发愁不知该如何将叶老搀上岸，谁知老人干脆两腿并拢，含胸收腹，“嘭”地一声一步跳上岸来，上来后居然脸不红气不喘，依旧谈笑风生，把那随行的楼、包二对夫妇惊得目瞪口呆。我看老人气色清朗、言语铿锵，深信同行人言之不谬。

席间，张先生不无感慨地说：“这是叶老第二回来厦门。头一回十八岁，这一回八十岁，沧海桑田，转眼六十二个寒暑了！”

我听了，立即端起酒杯向叶老敬酒：“真想不到，叶老您在一个甲子以前就和我的家乡结下缘分了！”

于是叶老对我说，他的故乡在浙江桐庐，少年时代就读于桐庐中学，当时的中学是四年制，他总读不好书，勉强读了三年，觉得面子上实在不好看，便邀了相同情况的四位同学一起从老家跑到厦门来投考厦大预科。他们因迟到误了考期，又赶上江浙军阀混战，家也回不了，只好请求厦大校长林文庆先生让他们留下来，结果林校长答应留下他们参加补习班学习。半年后，因为父亲破产，无力供他继续升学，他只好卷起铺盖回老家。谈到这儿，叶老风趣地笑了：“那是一九二四年的冬天，厦门下了一场一小时的小雪，我亲眼看见穿夏布长衫的和穿棉袍的一起过冬，这实在是你们厦门的特色！”停了停，又说：“那半年里，我去了好几趟鼓浪屿，乘的是小舢舨。这回来鼓浪屿，日光岩、水操台照旧，但满街海鲜比从前多得多，光螃蟹就有三种，还有海鳗、对虾……”

我问叶老：“这回走了，什么时候再故地重游?”

叶老呵呵一笑：“一九九七年吧，那时我正好九十岁!”

话音刚落，张先生忙插进话来：“我们酒店一万六千平方米的二期工程，明年五月可以完成，到时，请叶老来参加竣工剪彩吧!”

叶老听了颇感兴趣：“你们的二期工程有何打算?”

张先生回答——有一个设想，打算建一个文化人物活动中心。叶老说：“我给你提个建议，是不是也可以搞一个北方人前来过冬的‘中心’——厦门这地方，气候特别好。现在不少北方人一到冬天就跑广东去避寒，广东那地方挺潮湿，洗件衣裳一个礼拜也干不了，你这儿搞了北方冬季中心，人们就不跑广东，跑厦门了!”

张先生听了很兴奋：“这个主意好，您明年就来这儿过冬吧!”

叶老笑而不答。少顷，又问张先生还有什么新的构思，张先生款款地介绍了他们准备兴建歌舞厅、各类运动场所并创办一个国际酒店人才培育中心等等，还谈到本城南普陀寺香火鼎盛，来自南洋、港澳的香客特别多，下榻悦华的大部分是华侨、外商，悦华将来干脆也修一座庙，让客人就近朝拜，主客两利。叶老听了大为赞赏，拍着张先生的肩膀说：“你修了庙，我来当方丈!”

说罢，放声大笑。叶老乐，举座皆乐，主人张先生更乐。老人对现实、对社会溢于言表的关切之情，以及他那乐观、豪爽、豁达的性格，令人如沐春风，相对忘年!

宴罢，大家一起送叶老回别墅。承老人美意，赠我大著《叶浅予画选》一册，然后与我殷殷握别。

叶老人品如画，散淡潇洒，尽得风流，因此自有一种诱人魅力，叫人为之心折。而短暂相聚，他那不以名家傲世、平易近人的真纯天性；

那和蔼可亲、奖掖晚辈的慈爱心田，更令我深深感念。

离开悦华时，回眸遥望叶老窗前的灯光，心中不免一阵怅惘——此地一别，何日再相逢？但愿张先生无戏言，果然修得禅堂佛院，迎来叶老“方丈”，那时，故乡山川，将借一代名师如椽画笔，增添千古文采风流！

钟　　情

爱是那北极星，漂泊的船都靠它导航。
它价值无穷，虽然它海拔之高能测量。

——莎士比亚

此岸·彼岸

从前，他喜欢一个人到海边来，在黄昏，夕阳将落未落时……

地处东海之滨的厦门大学，濒临着一片蓝色的海湾，四周几处明礁，像一朵朵黑蘑菇，飘落在蓝玛瑙似的海面上……

他喜欢在退潮的时候，沿着校门外撒满五色贝壳的沙滩，慢慢踱上礁盘，独自静静地坐在那儿，凝望那一脉悠悠的斜晖晚照……

不是他喜欢孤独——他的确是孤单的：已经年过半百，两鬓含霜了，却没有爱人，没有儿女，父母、兄弟姐妹又天各一方……

他常常望着，望着近水，远山，沙鸥点点……如烟的往事，便会潮水般缓缓、缓缓地漫上心田……

他，黄国雄，台湾省台中县鹿港镇人，一九二四年出生于福州一个医生家庭。当时父亲由当地卫生局派往福州博爱医院工作，是名重一方的良医，因为常常被日本人请去看病，所以慢慢学得一口流利的日语。

黄国雄是家中长子，父亲凡是出诊，总带着他，以后又让他去日本人开办的小学读书，自然而然地，他也讲得一口好日语。

后来，抗战胜利了，他们举家迁往台湾。

他在台北二中（现在改为台北成功中学）毕了业，又在台北经济专门学校读了三年书。一九四六年十一月，他考上了教育厅的公费生，被录取至厦门大学商学院会计系。

父母深知“赐子千金，不如教子一艺”的道理，但毕竟从来不曾分离——遥遥两岸一水隔，至少一年后才能相见，父亲犹可忍耐，母亲却是一把鼻涕一把眼泪，难舍难分……

他呢，虽然长成个小伙子了，但谁不留恋依偎在父母膝下的安宁和幸福呢？何况，故乡是那么美丽迷人！与家人分别那一刻，他忽然深切地想起儿时的春天——花红了，草绿了，一家人一起去放风筝……大大的花蝴蝶风筝在和煦的春风里飘啊飘啊！他仰着脸儿对母亲说：“飘到福州去吧，去找外婆！”

妹妹却嘟起小嘴喊起来：“不，飘到福州去，把外婆接过来！”

母亲的老家在福州，听了他们兄妹的话，忍不住噙着泪花俯下身来，亲亲他，再亲亲妹妹……

是啊，船儿将带走他甜蜜的童年，带着他到那陌生的彼岸……望着母亲的泪眼，他有些辛酸。但知识是诱人的，青春的追求是诱人的，那未知的彼岸也是诱人的！他边上船，边向母亲招手：“妈妈，别难过！明年放寒假，我就回来看您！”

母亲仰起头来，擦着泪：“雄儿，明年除夕，全家等你回家过年！”

正是橙黄橘香的深秋，轮船驶出港口好远了，国雄还望得见码头上，飒飒秋风里，母亲正依依地向他挥着手巾……

他来到了风光如画的厦门大学。环境和知识对他来说都是新鲜的，他起早贪黑，一头扑进功课中去，忙中日月急，转眼一年过去了。

寒假到了，外地学生，人人收拾行装，准备回家欢度春节。他原也打算回台湾去——临行时答应过母亲的，要是不回去，一家人会多么难过！可是，他想，难得有个假期可以好好温习功课，来日方长，明年再回吧！母亲会理解儿子向学之心的！他摊开信笺，给母亲写了封信："妈妈：见信如见儿……"

一年级，二年级，寒暑交替。为了利用假期继续深造，两年间，他竟然不曾回家一次！

他上大学三年级时，正好是一九四九年。到暑假的时候，台湾来的学生几乎都走光了。一些同乡劝他："国雄，走吧！明天就要开船。再不回去，就走不成了！"

他仍惦记着学业，心想：干脆毕业了再回去吧！

果然，不久以后，家里的信息、汇款全断了，他再也无法回家！

经济上青黄不接，读书就困难了。怎么办呢？厦大外语系一位教美国史的外籍老师孟居仁，给厦门港的居民办了个暑期扫盲班，介绍大学生们去那儿上课，搞半工半读，他便参加了这个暑期扫盲班。

孟居仁看他英语不错，又介绍他上鼓浪屿一位美国牧师曼安理家里，让他教曼安理汉语。黄国雄觉得这差事不仅可以谋生，还可以锻炼英语口语能力，也就答应下来。

终于读完四年大学毕业了！可是，有家归不得。昔日台北码头与家人一别，望穿秋水，再难相见……

啊，此岸望彼岸！盈盈一水间……

几十年来，他总是盼着，盼着有一天，有一条由此及彼的桥……

他常常会记起克雷洛夫的名言："现实是此岸，理想是彼岸，中间隔着湍急的河流，行动是架在川上的桥梁。"

他想：用我的行动，来架这座桥吧！

爱， 是无私的

大学毕业后，他被留在厦门大学会计研究室当助教。

那时候，他正年轻，在厦门，没有家庭，没有亲人，无牵无挂，精力充沛，正是干事业的时候——兢兢业业地当了五年助教。他被提升为讲师，业务上正初露头角。可是，厦大南洋研究所需要有人去搞资料翻译，结果把他给调去了。他没有二话，离开自己心爱的专业，一去就是两年。

后来，厦大设立了东南亚经济专业，学校又让他改行，到那儿去教日语。他深深感到遗憾——会计专业搞了十年，丢了多可惜！然而，他还是到东南亚经济室去了，一心一意为学校培养日语师资。后来的厦大副校长王洛林、经济系系主任袁镇岳、南洋研究所所长汪慕恒等同志，都是他教授的日语班上的学生。

在东南亚经济教研室干了两年半，外文系需要日语教师，学校再一次将他调往外文系。

当时，各系教师正评工资，经济系的同志说："你反正要走了，到外文系评吧！"

外语系的同志说："你刚来，下次评吧！"

三十年间，由于几经辗转，他的职称评不上——不管业务多么拔尖，还是个老讲师！工资提不了——和他同等条件的教师，早已提了好几级，他还是原地踏步！

别人为他抱不平："黄老师，你一会儿调这儿，一会儿调那儿，哪班车也搭不上，真亏！"

他只是淡淡一笑："只要国家需要，我都无条件服从！"

一九六四年，学校号召教师到闽西山区搞社教——那时候，闽西山区的生活十分贫困，到那里搞社教是件苦差事。领导给了任务，他仍然是没有二话，打起铺盖就上了路。住在黑得伸手不见五指的土房里，干着力不从心的重体力活，有的人叫苦连天，他却咬着牙，淌着汗，一步一个脚印地跋涉在闽西山区险峻的羊肠小道上。

多少年来，评职称、提工资，一次次落空，他从不计较；艰苦的工作，繁重的劳动，只要推给他，他总是默默地接受。

再后来，因为别人的诬陷，他一下子成了罪人！房间被抄了，吃饭专人送，上厕所有人跟，一步也不准出门。“造反派”还串通了逼他的口供，黑帽子一顶顶压下来，最后，他被关进了牛棚！

在那些乌云压顶的日子里，他痛苦地反问自己：“难道我真有罪？”

“不！我无罪！我热爱自己的祖国、热爱党、热爱人民。二十几年来，我忍受了背井离乡、抛亲别友的痛苦，克服了种种个人的艰难和欲望，兢兢业业地工作着。上万个工作日里，我没有请过一次病假、事假，几十个寒暑假，我总是忙于备课、辅导学生、培训师资，不曾休息一天，不曾离开校园一步……我把我的青春全献给了祖国的教育事业！我问心无愧！祖国呵，我相信，阳光总要驱散乌云！我相信，您一定会为您忠诚的儿子做证！”

他抹去了一颗滚到腮边的苦泪，悄悄地走出厦大囊萤楼的牛棚，来到海边，那一派广阔无际的蔚蓝，使他的心陡然开朗。

隔离审查了七个月，终究也查不出什么名堂，只好把他下放。他再次来到闽西上杭，来到他曾经朝夕相处的农民中间。纯朴的农民，给了他亲人的温暖；艰辛的汗水，使他忘却了心灵的忧伤；他努力“改造”自己，一次次被评上了“五好干部”“五好社员”！

一九七二年，厦大外文系准备建立日语专业，调了一位年轻的大学生小纪来当党支部书记。小纪的日语还太嫩，需要有人来帮他。人们又想起了黄国雄，想起他那娴熟的日语、优秀的教学法和全力以赴的工作作风。

就这样，他从山区被调回了学校。

从此，小纪就搬进他的房间里。日日夜夜，他一面协助小纪筹备日语专业，一面把自己的外语知识传授给小纪。

小纪经过他的悉心培养，已经能够担任日语专业高年级的课程，小纪的学术论文《关于日语一方奥秘的探讨》被日本交流基金会收入了论文集。如今，小纪是厦大外文系副主任兼日语教研室主任，早已搬出了黄老师的房间。然而，黄老师还是将房间的钥匙交了一把给他，让他随时来家中翻阅日文图书、资料。

十年来，他像无私的泥土，培育了一批批林木；他像谦逊的绿叶，成就了一朵朵鲜花。

一九八二年毕业的王平平，想报考研究生，从杭州寄来一封封请教信，他一次次不厌其烦地作答。

南洋研究所的福建师大毕业生郁贝红，日语音调不行，教学有困难。他花了大量心血去教郁贝红音调，结果，郁贝红考上了北京语言学院日语培训班。

厦大分配到北京航空学院的李大清，要求回母校进修日语，他积极通过组织帮李大清联系，李大清回来后，他又让他住在自己的寝室里并认真加以辅导，李终于考上了日语专业研究生。李的论文《和制汉字》得到了日语界专家的赞赏。

他利用业余时间，热心指导青年教师搞科研，和他们一起编出了《日本语成语集》，译出了《恶魔的盛宴》。

在衣冠楚楚的厦大校园，他显得分外朴素，平时总是穿一件白衫、一条灰蓝色长裤。

在生活上，他不追求时髦。但在教学上，他却努力标新立异、大胆革新。

他认为过去的日语教学法太烦琐，通过艰苦的探索，他对教材进行了简化、条理化，讲究音调、音流，并自费编了一套新教材在他授课的班里推广，收到了良好的教学效果，也得到了日本语言专家的肯定。

他执教三十五载，在两个人一间的集体宿舍里住了三十年。

那一年，有一位外地姑娘仰慕他的才华学识，敬佩他的人格风范，深深地爱上了他。然而，因为没有房子，他一直不敢答应姑娘前来厦门做客的要求。两年过去了，他已年近花甲，同事们打算腾出一间空房来帮他。没想到，姑娘却已琵琶别抱了！当他接到女方委婉诀别的信时，不知怎的，他想起了裴多菲的一首诗：

谷子成熟了，
天天都很热。
到了明天早晨，
我就去收割。
我的爱也成熟了，
很热的是我的心，
但愿你，亲爱的，
就是收割的人！

他叹了一口气："姑娘没有错！爱成熟了，我为什么不去收割?"他有那么一瞬的悲伤和凄凉……可是，一听到他的学生来叩他的房门，他那不知疲倦的心，又觉得充实、圆满！

每逢佳节，他也会深深地怀念故乡，怀念亲人——白发苍苍的母亲，如今怎么样？同胞手足，是否天各一方？那水碧泉馨的阳明山，那波光潋滟的日月潭，那瀑声泉语的三栈玫瑰谷，那雾社的樱花、兰屿的彩蝶，还有，那少年时代娇小的女伴……这一切，谅必无恙?!

但是，当他走进书房，看见那一架架旧籍新书，他的心便又沉进了事业的汪洋！

居里夫人说：“人类也需要富有理想的人，对于这种人来说，无私地发展事业是如此迷人，以至他们不可能去关心他们个人的物质力量。”

他便是居里夫人笔下的那种富有理想的人！

对祖国，对人民，对事业，他怀着一种执着而博大的爱。这种爱使他摒弃了个人的恩怨得失、离合悲欢，使他的灵魂逐渐净化、升华成为美的结晶！

他的一位学生曾问过他：“黄老师，你孑然一身，一无所有，却一年三百六十五天忙到头，究竟是为什么呢？”

他微笑着，眸子流漾着一片柔和的光辉：“你可知道？爱，是无私的！”

别了！自由女神

一封来自大西洋彼岸的电报：“母病危，速来相见一面！”

啊！真是晴天霹雳！两年前，他的弟弟黄国彦从美国回祖国讲学时，还一再向他提起：“母亲思念你几十年了，希望有生之年能和你相见！”

难道，病魔即将夺走他朝思暮想的母亲？！

他匆匆地办理出境手续。

不少人都在私下议论着：“黄国雄这一去再也不会回来了！”

也难怪人家猜测——在大陆，只有他孤零零的一个人。他的大弟、大妹和小妹在台北，二弟、三弟、姐姐在美国。他去了美国，就是想回来，兄弟姐妹舍得放他走吗？

可他呢，在车旅倥偬的临行之际，却给系党总支写了平生第三份入党申请书——第一份写于一九五二年，“三反五反”之后；第二份写于一九七六年，台籍干部在省委党校学习的时候。

他把入党申请书郑重其事地交到外文系党总支书记手上。

“人家风传我将一去不返，请您别听信流言！我一向热爱祖国，热爱共产党，我一定会回来！”

波音737载着他飞往旧金山。经过了漫长的十二小时的空中航行，本该歇口气，浏览一下这美国西部的良港名城，再继续前行。然而，他无心欣赏这如画的美景，一心想着辗转病榻、思子心切的母亲！他心急如焚，恨不得转瞬就与母亲相会！

然而，距离是无情的现实，他不得不又熬过了漫漫十小时的航行，从旧金山飞到亚特兰大，又从亚特兰大飞抵北卡罗来纳州的罗利市。

飞机即将着陆，他真是百感交集——三十三年了，母亲老病交加，那就不用说了，总算有幸即将相见；弟弟和姐姐，是不是已变得很不一样……他揣想着与母亲和手足相见时那又惊又喜的一幕，不知不觉地，眼泪像泉水一般涌出……

他快步走出机舱。可是，茫茫异国，全是陌生的面庞。

一位精干文雅的中年妇女走到他身旁。

“您是黄国雄先生吗？”

他忙点头。

“我是黄国彦的太太。我一眼就看出您是国彦的哥哥！”

原来，他从未曾见过面的弟媳妇、美国国际商用机器公司的顾问工程师黄铃代，亲自驱车来接他！

他顾不得客套和寒暄，一把握住弟媳的手，急切地问道：“妈妈呢？妈妈的病怎么样？”

弟媳别转了头，进了小车，边踩油门边说：“大哥，上车吧，回家再说！”

他忐忑不安地下了车，跟着弟媳走进私家别墅。一进客厅，雪白的灵堂赫然入目——胰腺癌已夺去了慈母的生命！

他一下子愣住了："啊，母亲！难道命运如此不公?！我紧赶慢赶，万里迢迢而来，就是为见您一面！哪想到，来迟了一步，却已是阴阳两隔。三十三年的别离，三十三年的相思，三十三年的辛酸、委屈和悲欢，万语千言、千言万语，母亲呵！这一切的一切，和谁诉说?！母亲呵！您怎不能再等待几天，却忍心撒手归去……"

他欲哭无泪，只觉得身子轻飘飘的，眼前一片乌黑，一阵晕眩，便昏厥过去！

生离死别，幽明永隔，真叫他悲恸欲绝！姐姐和弟弟们告诉他，母亲的灵柩已用飞机运往故乡台湾去了，他又是一场凄伤的呜咽——难道，连慈母遗容，也无缘瞻谒?！

他住在弟弟家里，家中一切都是电气化。清晨，弟媳热好牛奶，烘好面包，亲亲热热地端到他面前，出门有汽车代步，弟弟们亲自带着他去逛大街、看市容。

他冷静地欣赏着这里的异国风情——耸入云霄的摩天大楼，豪华的超级市场，令人目迷心醉的摩登女郎，霓虹灯下五光十色的酒吧、夜总会、俱乐部、大餐厅；还有高速公路上流星闪电般的各式汽车汇合的彩色河流，那是一个声、光、色交集的充满刺激的社会！他想，和中国相比，这里的确有着明显富足的物质文明。

他的家人呢，二弟黄国士在北卡罗来纳州搞技术工作，三弟黄国彦也在那儿当教授，姐姐黄国英在尤巴市当高级美容师，侄儿、侄女、甥儿、甥女全都大学毕业了。家境是优越的，不愁吃不愁穿！

然而，他心里却觉得空荡荡的——在这遥远的他乡，生活固然是优裕的，但他每日无所事事，闲得发慌。他想起在厦大的时候，每一分钟对于他来说都非常珍贵！他做完了许多工作，还有许多工作等待他去做。他想起了他正在编写的教材，想起了他的研究生们，也想起了爱迪生的那句“人生太短暂了，事情是这样多，能不兼程而进吗”，心里真是焦灼不安。

他失眠了！

在晚餐饭桌上，他几次欲言又止——他知道说出来会遭到家人的反对，但他终于忍不住了：“国彦，铃代，我要回去了！”

“回哪儿去呀？”弟弟、弟媳同时睁大了眼睛。

“回祖国！”他坚定地、不容置辩地回答。

弟弟和弟媳着实不理解——这儿生活多舒适！哥哥六十岁的人了，已是桑榆晚景，国内无一亲人，回去干吗呢？

弟弟劝他：“大哥，你先休息休息，实在闲不住，你原来学的是会计专业，这儿的会计师挺吃得开，我给你找个工作吧！”

他摇了摇头。

弟弟又说：“要不，你再学习一点美国法律，自己开办一个会计师事务所，那就可以赚更多的钱！”

他仍然沉默。

弟弟、弟媳苦苦相求：“大哥，你独自一人在国内，没亲没故的，有个头痛脑热，谁来关照？我们兄弟姐妹都在一起，有个照应，多好！”

他开口了：“我的研究生没人带，我的教材也还没编完！”

弟弟火了：“你拼命干了几十年，党员也不是，教授也不是，家没有，连个单身宿舍也没有，你图什么？你别以为没有你，地球就不会转动！你走了，自有人顶你的位置！”

他摇了摇头：“我的信仰在祖国，我的事业在祖国。一个人没有事业和信仰，就失去了生活的意义！”

弟弟毕竟生在台湾，长在美国，他不容易理解哥哥对祖国那种执着的痴情和爱恋——他只是希望年纪老大的哥哥留下来，共享天伦。

兄弟俩各执己见，第一次在餐桌上不欢而散。

夜里，他躺在舒适的席梦思上，遥望着窗外北美寒夜清冷的星空，他想起那不愉快的晚餐——他理解弟弟、弟媳挽留他的好意，但弟弟却难以理解他的心胸和志向。

是呵，留在美国，可以安享天年，也可以挣一笔大钱。然而，那毕竟不是我所向往的啊！

“我唯一目的，是为人类谋些福利。我不希望发财，只要能够为人类做些有益的事，那便是我唯一的酬报了。”英国化学家戴维的这句话，才是我的心愿！泰戈尔说：“鸟翼上系了黄金，这鸟便不能再在空中翱翔了！”难道，我要为自己套上黄金的枷锁，埋葬自己心爱的事业吗?!

他记起了矗立在纽约港的美国象征——“自由女神”塑像。塑像的底座，有著名女诗人艾玛·拉扎鲁斯的题诗，诗中有这么几句：

把那些无家可归、饱受风波的人们，
都送给我吧！
我站在金门口，高举火炬，
欢迎他们！

他想：“难道我是无家可归的可怜的弃儿，必须依附在这‘自由女神’的膝下?!啊！不，我的身后，有伟大的中国——我亲爱的祖国！在自己的国土上，我有我的事业、我的理想、我的寄托、我的喜怒哀乐！慈母般的祖国需要我！学校需要我！学生需要我！在这繁华的‘自由女神’的国度，我只是匆匆的过客。我必须早早回去——回到我那日夜思念的祖国！”

第二天，台湾的弟弟妹妹们也打来了长达七分钟的长途电话。

又是一次催人泪下的哀哀苦劝。小妹妹说："哥哥，你既然不愿留在美国，那么你回台湾来吧！这儿是我们的故乡，这儿有父母的陵墓，这儿有你熟悉的山川和青少年时代的朋友，这里也有安逸的家和优越的生活！"

他听着听着，百味交集的泪，一串串滴落。"是啊！那里有父母亲的墓园，我应该去祭扫；那里的手足亲朋，我渴望能团聚；还有那双溪的杨柳、芝山的灵泉、桃花源溪谷的柔橹、阿里山的云海……三十三年了，我多想去重访！而且，听着小妹亲切的声音，令人情不自禁地回想起那只在北投飘放的蝴蝶风筝，回想起那一片充满天伦乐趣的童真……"

"然而，现在还不是回台湾的时候。祖国的'四化'大业正需要我，我要用我的汗水和智慧来为那一座民族统一的金桥垒石添砖。"他强咽下那一滴滴思乡思亲的辛酸泪，婉转地谢绝了台湾骨肉同胞的深情呼唤！

美国的弟弟依然不同意让他回国，他竟绝食抗议。最后，他致函厦门大学党委，学校党委为他的爱国之心、报国之情深深感动，破例给他寄来了返回祖国的飞机票！

于是，他迫不及待地启程了。

为了节约路费，在天寒地冻、大雪纷飞的隆冬，他连续坐了三天三夜的汽车，横穿整个美洲大陆，由美国东海岸的罗利市来到美国西海岸的尤巴市。

在尤巴市工作的姐姐，想再一次挽留弟弟。然而，他却是如此坚定，如此归心似箭，简直一天也不肯停留！一到尤巴市，就立即让外甥用汽车把他载往旧金山机场。

"啊，别了！繁华的、陌生的、并不属于我的美国！啊，别了！山川秀丽、旅居着我的骨肉同胞的美国！啊，别了！屹立着'自由女神'

的大西洋之滨的美国！”

银鹰高高飞起，飞向太平洋，飞向东海，飞向祖国！”

飞机缓缓地驶近上海虹桥机场。他的心头忽然涌过一阵温馨的感情。“啊，祖国——母亲，我终于归来！您忠贞不渝的儿子，终于回来了！”

当他跨进上海市区，正是一年一度的除夕，千家万户，亲人团圆，长街里弄，爆竹声声，他急不可耐地购买了上海直达厦门的火车票。

在充满欢声笑语、喜气洋洋的新春佳节里，他踏进了厦门。“啊！美丽的厦门岛，我回来和你团聚！啊，我的学生们，我回来和你们团聚！”

他一走进厦大校门，一群群研究生、一群群年轻教师，立即把他团团围住！

“早盼着你回来了，黄老师！”

他听了，有一种甜甜的滋味，从舌尖流到心里。这位远渡重洋回归祖国的台胞赤子，这位优秀的人类灵魂工程师，竟抑制不住自己，像孩子似的哭了！

美丽的金秋

他历尽了春的风雨，夏的炎热，如今，在人生的秋天，他也迎来了金色的丰收。

他已经是一名待批副教授了，终于离开了那简陋的集体宿舍，搬进了明亮的新居。

在幽雅别致的小客厅里，在典籍如林的书房里，触目所及的仍然是他的论文手稿、学生的作业和来自五湖四海求教的信件。

他用自己的爱国情操，向党递交了一份最完美的入党志愿书——一九八二年十二月，他，祖国优秀的儿子，终于跨进了多少年来朝思暮想的党的大门，成了一名光荣的中国共产党党员！

三十五年的汗水，凝成了红绸彩绶和金光闪闪的奖章——连续两年，他被评为厦门市职工劳动模范，受到了市委的嘉奖并晋升了工资！

三十五年的忠诚，化作了飞丹流艳的光荣证——一九八三年，他在北京参加了中华全国台湾同胞联谊会召开的“台湾同胞为祖国做贡献经验交流大会”。一九八四年，他光荣地出席了中共厦门市第六次代表大会。

三十五年的积累，孕育了一篇篇才学横溢的学术论文——《浅谈日语的音调》《日本〈常用汉字表〉的日汉读音法对比》《日语单词的音调》《日语语流的音调》等等。

墙里开花墙外香。《厦大学报》《厦门日报》《福建日报》《羊城晚报》《光明日报》纷纷报道他，报道他教学的业绩、创新改革的成果；报道他数十年如一日地热爱党、热爱祖国、热爱教育事业的高尚品格。

他已颇负盛名了，然而，他仍在不断奋进。近年来，他不仅亲自带过研究生，编完了《新编日语教材》第四册，还准备把国内出版的日语工具书，根据中国人学习日语的需要，扬长避短地进行加工改造。

他勤勤恳恳、兢兢业业，忍辱负重、劳而无怨，数十年如一日地钟情于祖国，把自己最纯真的情感，全部献给了国家，献给了人民，献给了他为之奋斗不息的教育事业！

而祖国，也把最美丽的金秋，赠送给她赤诚的儿子！

他仍然喜欢到海滨去，在黄昏，夕阳将落未落时……

他孤单一身，却并不寂寞，一届又一届的学生，与他同在；永恒的事业，与他同在。

他一无所有，他的一切，全献给了祖国。因此，他和祖国一样富有！

“我的慷慨像海一样浩渺，我的爱情也像海一样深沉；我给你的越多，我自己也越富有，因为这两者都是没有穷尽的。”

莎士比亚的名言，正是他的心声。

辑三 心灵梦

我回来了

对于我，祖国不是虚幻的概念。

一

我回来了——

只是为了一把泥土，一把来自唐山的、带着故乡青草气息的泥土，诱发了我无尽的相思和泪滴——有如青梅竹马时光的爱与被爱默契的、永生难忘的坚贞呵！

我回来了——

只是为了一把泥土，一把华夏祖先遗落的血脉骨殖的泥土，萌起了我回归的“野性”和冲动——那胎儿依恋母体的亘古不移的温情啊！

我回来了——

抛弃了繁华的世界、葳蕤的田园，抛弃了无名指可以戴上钻石、颈项上可以挂满珍珠的美丽和风光，甚至忍心割舍双亲潸潸的老泪和异国多情的小小儿郎……只是为了啊——那梦寐向往的祖国！

我回来了——

舍弃了一切，换回的是头顶的一片蓝天、脚底的一抔热土！然而，我终不悔——从此，生生死死，整个祖国都属于我，我也属于整个祖国！

二

我曾经迎着月光，跋涉在茫茫的戈壁滩，看柔软的流沙金子般地漫向天边。那时，我忍不住热烈地呼喊：“啊，祖国，您是多么辽阔浩瀚！”

我曾经徜徉在古长安灞陵道上，看千秋杨柳如梦如烟。遥想当年的秦皇汉武，心里自然而然涌起一种本能的骄傲：啊，祖国！文明、古老的祖国！

我曾经乘坐“罐子车”，深入兴凯湖畔七百米以下的地层，看亮闪闪的乌金，脉脉含情地等待着前来采掘的知己。我会情不自禁地赞美：“啊，祖国！富饶、深沉的祖国！”

我领略过鹿回头海湾那醉人的黎明——多美啊，每一棵翠盖亭亭的椰树上，都顶着一轮红艳艳的太阳！我曾苦于形容词的贫乏：啊，祖国，您是多么灿烂辉煌！

我也曾在静夜里独坐在乌苏里江岸，一边聆听优美动人的赫哲族船歌，一边瞭望对岸苏联伊曼市稀疏的灯光……不知为什么，我会这样想：多么温柔、多么威武呵，我的祖国！

啊，祖国，一切美好的，分开是您，聚合起来还是您——您在我心中，是怎样的单纯而复杂，是怎样的朴素而瑰丽，是怎样的抽象而具体哟！

三

并不是每一颗心，都流淌热血；并不是每一个灵魂，都寻求谅解。乌鸦亮嗓，算不得歌腔；竹笋拔节，会遇大石压顶；寒梅着花，常伴风雪冰霜——每当想起生活中和谐里蕴含着不和谐，我也曾因为忧烦彻夜难眠，我也会因为痛苦切齿扼腕……

然而，想起您啊祖国——您那万千的城镇乡村，万千的江河湖海，万千的馨花绿树，万千的丰功伟业，万千的志士仁人，万千的英雄豪杰……我那窄窄的心儿，便会豁然开朗——

啊，我的祖国，您用您的博大，抚慰了我！净化了我！开拓了我！造就了我！

不管世路多坎坷，我永远也不会堕落——因为啊，我的心中，有一个活生生的、有血有肉的、亲爱的祖国！

游　　子

我没有那样的幸运——诞生在祖先繁衍生息的土地。我一落地，便成了飘零的游子……

三岁的时候，母亲用毛笔，在我的手心里写上了两个大字：中国！这，便是我接受的启蒙教育。

从童年起，我漫游了许多陌生的国度，观赏过美妙的自然山川，领略过富裕的物质文明……对于这一切，我很淡漠，因为它们，并不属于我。

每当我低下头，注视自己的手心，便有莫名的惆怅，如鸦影，遮住心头的光明……

有一回，在马六甲山邕，我受困于一条蟒蛇，是一位马来大叔，用割胶刀解救了我柔弱的生命；有一回，在槟城街头，我险些闯进的士的轮底，是一位法国女郎，帮着母亲把我抱往医院……

对于曾经涉足的地方，对于那里真诚相待的人们，我怀着一片深情。

可是，不论怎样，在遥远的国外，我是客人！每当摊开手心，便觉得心酸：凉亭虽美不能久住，朋友虽好不是亲人……

人生的苦辣甜酸、得失悲欢，都会随着时光消逝。永不磨灭的，只有攥紧在我手心里的——祖国之恋！

没有漂泊异邦的人，怎能理解这刻骨的相思？没有远离故土的人，怎能体味这销魂的乡愁？

落　日

但凡在故乡逗留的日子，傍晚，我总喜欢信步海滩，去陪伴海上日落。

落日的气魄是伟大的，伟大得有如志士为国捐躯；落日的景象是壮丽的，壮丽得有如英雄含笑长眠。

每回看日落，总有一股凛冽之气、一派壮烈之感、一脉博大之情，滚滚海潮似的，冲击着我的灵魂。

我常常想起“亦余心之所善兮，虽九死其犹未悔”的投身汨罗的屈子；想起“不惜千金买宝刀，貂裘换酒也堪豪”的引颈就义的鉴湖女侠；想起“大江歌罢掉头东，邃密群科济世穷”的舍身治国的九州总理……他们像落日一般消殒了；他们的英灵，也像落日一般，积蓄着光能和热量，萌动着生机和希望，准备着黎明时刻的宏伟瑰丽的再生……

有人说，落日像血，像火，像即将凋谢的玫瑰。

在我眼里，那落日，却是一颗硕大无朋的心——她为人类无私地操劳终日之后，从云峰雾岭之巅，默默地落下，回到大地的胸膛去了……

乡　　情

我喜欢莱蒙托夫的诗。但是，他的“哪儿爱我们，哪儿便是家乡”的见解，我却一直不敢苟同。

我想，哪能呢？月是故乡明，花是故乡好。游子对于故土，犹如儿女对于母亲，那一种神圣的至情，岂是异地的风姿和人情所能取代的？

半生里，萍踪浪迹。从烈日南洋到冰雪北国，从繁华都会到荒僻山沟，风尘逆旅之日多，赋闲家居之时少。然而，纵使走遍天涯海角，故园——那一朵水浮莲似的、祖国东南边疆的一抹小岛，却始终令我魂萦梦绕。

在他乡，春晨秋夕，逢年遇节，繁忙的劳作之余，每每想起“长桥支海三千丈，明月浮空十二栏”的菽庄四十四曲桥；

想起“洞口木棉飘坠叶，云头石笕引流泉”的万石岩峰峦；

想起蓝水晶漫就的鹭江，黄金铺成的港仔后沙滩；

想起四时不断的美果，八节飘香的鲜花；

想起“金风乐社”流溢长街短巷的南曲的袅袅清音；

想起三月节阿母手下嫩生生的春饼滋味；

想起中秋夜阿嬷拜月娘的虔诚神情；

想起青梅竹马时代，那曾经赠我相思荚、红豆籽的邻家阿妹黑葡萄似的眼睛；

…………

这时候，总觉得心头似悲似喜，我的眼角，便渐渐蓄就一颗清泪，落下来……

这种感触，该也是人生纯真的爱之一吧！

这种大爱，人皆有之。

所以，我知道，那海峡彼岸的骨肉同胞，三十二年的岁月长河啊，飘逝了他们的青春，漂白了他们的华发，却又怎能流走那心上的乡思？

人为的藩篱，隔不断人们眷念乡土的情和意；

人民心中的真情至意，也必然要冲决那人为的藩篱！

夏　天

我特别喜欢夏天。

夏天，柔嫩的春成熟了，化作了大地山川蓬蓬勃勃的、无遮无拦的壮绿，它使人想起了美好的青春，那任何台风暴雨也摧毁不了的如火如荼的年华啊！

夏天，根在创造、茎在创造、叶在创造、花在创造，动物在创造，人类在创造，大自然的一切生灵，都在创造——为了秋的果实，它们不惜献出自身的一切。这令人崇敬的创业者的季节啊！

夏天的晚上，月牙儿鲜美有如一只熟透了的香蕉；墨水晶般的海面，三角帆摇着醉人的小夜曲；一株株高大的棕榈，是一座座宜人的凉亭；忽明忽灭的萤火，映着彩蕈一般的花裙；风是柔软的，空气是清甜的，有柚子花在飘落……

夏天，有血汗与骄阳的拼搏，有给予和创造的欢欣，有花中的密约，有月下的轻歌……

没有一个季节，热与凉、动与静、艰苦与欢乐、奋斗与享受，这般对立，又这般调和！

人生啊，要能像夏天那样丰满，该有多好！

夏　夜

月，欲圆还亏；潮，将满未满。清风拂面，云影游移，疏星明灭，素海生波。

我俩漫步于鼓浪屿海滨。

花枝参差的柏油小路旁，几树黄莹莹的鸡蛋花逸散着莫名的幽香。一颗绿森森的流萤飘然而来，歇在我的心口上，挥之不去，我竟别上了一枚亮闪闪的绿宝石胸针。两只顽皮的小青蛙东张西望，悠然自得地横穿小路，没入草丛中去了！

除了彼此均匀的呼吸、轻轻的脚步，伴着娓娓清淡的涛音浪语之外，天地无声，有如一个朦胧、清凉的梦境……

谁家的窗口挑出了一颗小月亮——那乳白的灯，把五彩雕窗映得摇红荡翠、扑朔迷离……

小提琴《梦幻曲》的旋律像一条小溪，沿着开满素馨花的曲巷缓缓流去……

月光、潮声、花香、琴韵、萤火、小路和你我，一起融化了，融化在美丽的夜色中；喜怒哀乐，全都消失了，消失在美的心境里。

此时此刻，忘物忘我。两颗心，水晶似的，空灵剔透，不沾一粒灰尘，不存一丝杂质。

您想对我说句什么，终于没有说。

生活的美已超越了艺术的美，一切美的语言，也就成了多余。

神妙的造化啊，你创造的美的境界，可以净化人的灵魂！

秋

风吹来，水也似的凉，咽了蝉鸣，低了泉声。小草尖儿，露出了金镶边；敏感的梧桐，一叶叶，离枝落地；人字大雁，驮着黄昏。啊，秋天！

我走在飒飒秋风里，我的思绪，浮沉于春红夏绿、花香鸟语……伟大的造物主啊，你竟留不住一树碧色、一声莺啼！

惆怅、迷蒙有如游子依稀的乡愁，如亲人久远的别离，如一次消逝如梦却永难忘却的奇遇……

忽有菊的幽香，淡淡的，如一场春雨，洒遍我清寂的心。

啊，“虽惭老圃秋容淡，且看黄花晚节香”！

我欣欣然忽有所悟了：

何必眷恋万紫千红呢？

不也有傲菊，为霜秋，孕着春意？

我想，到了人生的秋，我便做一朵菊！

梦见了泰戈尔

初春的夜，美丽的梦，青草一般生长……

我看见东方伟大的诗翁泰戈尔老人，坐在他家的七叶树下；而我呢，却化作了他家门前的詹波伽——印度圣树上的一朵金色花。

老人娓娓地、娓娓地朗诵，朗诵着他的《吉檀迦利》。

啊，那不是诗歌，那是仙乐！

伴随着美妙的仙乐，出现了广袤秀丽的山川，走来了一个个柔婉娟美、惹人爱怜的女子，一群群天真烂漫、活泼聪慧的孩童……

“我把你（们）的事迹编成不朽的诗歌！”老人真诚地说。

我深深地感动了——

在诗人笔下，女人是天使，孩子是安琪儿，没有歧视、没有侮辱、没有桎梏……

“咦，这花心里的露珠多美！”老人放下诗集，走近我，抚摸着我金子一般的花瓣。我多想告诉老人：“先生，那不是露珠——为了您的《新月集》《飞鸟集》《吉檀迦利》……为了您深情歌唱女性和儿童的一片心意，我流泪了！”

可是，我说不出！

我多想告诉老人：“先生，您的诗名，远远地超越了您的国界，全世界的母亲、孩子以及热爱他们的男人，都会记住您！”

可是，我说不出！

我多想握住老人的双手，对他说："先生，我不是詹波伽，我是一位中国女子！可我甘心做一朵金色花，永远立在您故居门楣。默默地、默默地，为母亲和孩子，留一树芳菲。"

可是，我不能！

初春的夜，美丽的梦，青草一般生长。

我看见了，看见了母亲和孩子永恒的朋友——慈祥的泰戈尔老人！

世　　界

一

当年，我是多么稚嫩！

水灵灵的四月黎明，邀集了小伙伴，驾一叶舢舨去旅行。

踏上海路，我们扬起蓝色的手绢纵情欢呼：

“去圣爱伦岛！”

“去好望角！”

“去黄金海岸！”

“去北冰洋！”

“去南极洲！”

脚下是海，头上是天，海天之间，我们是骄傲的人——

是下西洋的郑和，是探索新大陆的哥伦布，是祖国的大无畏的儿女！

并不曾想过，海上也有风暴，天空也有雷电。小船呢，又是蛋壳一般脆弱。

那时候，初阳如金橙，朝霞似玫瑰。心很大很大，世界却很小很小。

二

后来，我走上了人生之路。

一个阴沉的四月黄昏，母亲悄悄用手背揩落苍白的泪花，送我搭火车去远行。

一只孤雁，流落在异乡偏远的山窝。

荒芜了思维的幽径，流失了青春的水土，疏远了人世五彩缤纷的欢乐……

望着山里烟岚萦绕的天，天边朦朦胧胧的月亮，寂寞像一只蝎子，蜇痛了我尚未麻木的神经……

几时，能重见儿时的半截彩笔、一册描红呢？哎，这奢侈的心愿！

苦雨凄风、天灰云暗的四月哟！世界很大很大，心却很小很小。

三

如今，人到中年。

温馨的四月之夜。湿润的星星，有如爱人的明眸，温存地遥望我的眼睛……

不必再驾着舢舨去旅行了，可以乘坐气垫船、汽车……

不必再望月山中了，可以欣赏彩电、影碟机……

更不必再担忧砭骨的严寒了，天地葱茏，艳阳如酥，绿风如绸……

已是春暖花开时节。可我，却无法安享人生——

有如一头春牛，我的职责是耕耘！

祖国辽阔的版图啊！

抛荒多年的田野，我们这一代正艰难地、一步一串汁水地跋涉——

春天里失落的，要在春天里寻回！

春潮拍岸、千帆竞发的四月啊！此刻，世界有多大，我的心就有多大！

家

儿时，家是一把玲珑的金锁。

母亲用固执的爱，

锁住我的小手小脚，锁住我好奇的心。

我不会爬树，不会游泳，不会打野仗。

我怕黑夜，怕狗，甚至怕老鼠。

多堤防的河岸，常闹缺口；

富于温情的地方，盛产软弱。

啊，金锁！

长大了，我离开故乡，四海奔波。

家是一只美丽的蚌壳。

在静静的夜里，我常常思念母亲，温习着她的抚爱，她的叹息，她的啰唆……

在信里，在梦中，母亲常常含着泪呼唤我："回来吧，孩子！"

母亲的泪，会使我的帆沉重，却不能让我的船停泊。

正像珍珠，她是多么迷恋海洋——

为了存在的价值，却不能不离开蚌壳。

啊，蚌壳！

燕　　山

从小看惯了江南的丹峰碧岭，我熟悉她在淡淡的晨雾里似醒未醒、欲露还隐的姿容，我熟悉她在深深的夕照里似醉未醉、欲笑还颦的酡颜，我熟悉她终年的山花、野树、流泉、飞瀑，我熟悉她四季的樵歌、鸟语、萤灯、蛙鼓……

我喜欢江南的山，那迷蒙、飘逸，有如写意画一般的家乡的青山呵！我想，江北的山，断无这般动人的风情！

可是，当我来到燕山脚下，面对莽苍苍的粗犷磊落的群山，浑身热血，一下子沸腾起来。我默默伫立许久，眼里止不住流下泪来。

那是初春时节，满山不见一丝绿意，却有斑斑驳驳的残冰败雪。燕山，裸露着古铜的胸怀，在刺骨的春寒里，坦荡荡地接受大自然的检阅——山上的万里长城，巍巍然和风雪做伴；山中的无数草木，铮铮然与冰霜抗争……可是到了秋天，他也有满山红叶、树树硕果，也有如热烈的南方一般丰盈、绚烂的秋……

像待字闺中的女儿，忽然堕入情网，我竟深深地、深深地爱上燕山！何止是他刚健雄伟的外貌？何止是他一览无余的襟怀？啊，我爱他历尽风霜泰然自若的气度，我爱他纵使强风暴雪也无法摧折的刚直不阿的风骨……

江南的山，如同我的姐妹；北国的山，却是我心中的伟丈夫！

三角梅赋

风姿绰约的鹭岛，娇花媚草，多如繁星，而我独爱三角梅。

三角梅，北京人称她叶子花，广州人叫她宝巾花……三角梅是我们家乡人给她取的名字。

三角梅不算名花，就单朵儿看，不过是三片艳紫的花瓣儿，孕着几枚鹅黄的花蕊，娇小玲珑，弱不禁风似的。然而，在山间，在水滨；在怪石嶙峋的峰峦上，在盘根错节的古树下；在青苔斑驳的断墙旁，在秋草凄迷的荒冢上。你看吧，她衬着水灵灵的绿叶，百朵千朵地、散散漫漫地开了，袅袅婷婷地开了，沸沸扬扬地开了。像蓝天里的一片流霞飘来，漫住了碧汪汪的水畔山腰；像姑娘们一点樱唇轻启，留下了一串串轻盈的笑，舒坦、自如、无拘无束，繁而不腻，艳而不俗，于浓烈之中见淡雅，于喧闹之中显幽静。

三角梅很少被讴歌礼赞。世人都说“物以稀为贵”，可江南江北，都有她的踪迹；酷暑严冬，都是她的花期。这朵花刚谢，那朵花又开，不管世态炎凉，不畏凄风苦雨，不拘地势高下，一味把花儿泼辣辣地开着。她居显不骄，处晦不卑。她的枝蔓，向天空、向大地、向四周，蓬蓬勃勃地，争着空间，争着自由，争着生存。她的一生，把生命之火亮晃晃地燃着。如果人们赞颂“野火烧不尽，春风吹又生”的古原荒草，三角梅的品格岂不一样可贵?!

在群芳烂漫、姹紫嫣红的阳春三月，三角梅也许算不了什么，但是，在风霜凌厉、花事阑珊的数九寒冬，平野山川触目皆是的三角梅，那一派生机，那一抹亮色，给人们眉梢心头，增添了多少欣喜，多少寄托，多少暖意！

热情奔放的三角梅，妩媚迷人的三角梅，生命不息的三角梅，我爱你！

落花生

谁不知道你呢？落花生！

你这大不过盈寸、土头土脑的小不点呀！旁的果子，梨哟，苹果哟，枣哟，柿子哟……它们总是高高地站在枝头，站在青山白云间，站在金秋里，炫着嫩绿，炫着娇黄，炫着红艳……它们为自己的贡献，向世界，骄傲地唱着瑰丽的歌！

而你，落花生——

叶是不起眼的小绿点，花是不起眼的小黄点，果子呢，干脆埋进地里，羞怯得不敢抬起头来望人一眼。

可是，当勤劳、质朴的农民，从大地母亲的怀里找到你，轻轻掰开你土黄色的外衣，却发现，那里面藏着红珊瑚一般美丽的心！

把丰美的果实奉献给人类，却从不显示自己的存在。

落花生，谁不喜欢你呢？

期　　待

期待是一种美好的情感。花木期待春天，江河期待大海，游子期待还乡……人生有许多期待，美好的时光有时很短很短，期待的日子往往很长很长。把漫长的期待去换取心中的美好，是人类永不停息地追求、奋斗、繁衍的动力。

似乎早已有一分期待，在疏疏淡淡的鸿雁传书里，在异地他乡的失之交臂中，在午夜梦回的散漫清思里。虽然，那一分期待也许是镜花水月，也许是夙世前缘。

莫说镜花水月虚无缥缈，莫说夙世前缘幽深莫测。白云化作甘霖，可以滋润万物；流水化作电力，可以照亮世界。期待一旦成为现实，如同花朵变为果实，果实孕育种子。种子是生命的延续，种子是永恒的生命。

期待是两情默契，期待是智慧灵光，期待是辉煌乐章的序曲，期待是伟大创造的产床。

有期待的日子酸甜苦辣、有滋有味，有期待的心情五彩缤纷、阳光亮丽，有期待的人儿不知老之将至！